젊은 베르테르의 슬픔

옮긴이 서유리

상명대학교 독어독문학과와 한국외국어대학교 통번역대학원 한독과를
졸업, 독일 하이델베르크 대학교에서 독일어 교습법 과정을 수료했다. 클
림트 작품 해설집 번역을 비롯해, SBS 〈출발 모닝와이드〉 독일·오스트
리아 현지 촬영의 통역과 독일·프랑스 연합 방송사 Arte의 다큐멘터리
촬영의 통역을 맡는 등 활발한 통·번역 일을 하고 있다. 번역서로 『독일
인의 사랑』『안네의 일기』가 있다.

젊은 베르테르의 슬픔

—

개정판 1쇄 2020년 3월 3일
지은이 요한 볼프강 폰 괴테
옮긴이 서유리
펴낸이 김영재
펴낸곳 책만드는집

—

주소 서울 마포구 양화로3길 99, 4층 (04022)
전화 3142-1585·6
팩스 336-8908
전자우편 chaekjip@naver.com
출판등록 1994년 1월 13일 제10-927호

—

* 잘못 만들어진 책은 구입하신 서점에서 바꾸어 드립니다.

—

ISBN 978-89-7944-717-0 (04800)
ISBN 978-89-7944-591-6 (세트)

DIE LEIDEN
DES
JUNGEN
WERTHERS

젊은 베르테르의 슬픔

요한 볼프강 폰 괴테 지음 · 서유리 옮김

책만드는집

차례

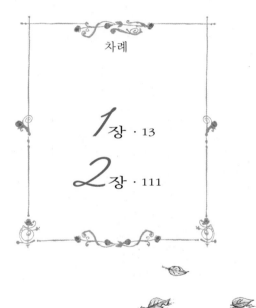

불쌍한 베르테르에 대해 찾을 수 있는 것은

모두 찾아 여기에 엮었다.

여러분은 내 이런 노력을 고맙게 생각해주리라 믿는다.

여러분은 베르테르의 정신과 성품에 대해서는

찬미와 사랑을, 그 운명에 대해서는

눈물을 아끼지 않을 것이다.

그리고 베르테르처럼 요동하는 심장을 안정시키지

못하고 있는 착한 분들이여,

베르테르의 슬픔에서 위안을 얻으라.

만약 그대가 운명으로 인해,

혹은 그대 자신의 잘못으로 인해

친한 친구를 찾지 못한다면,

이 작은 책을 그대의 친구로 삼으라.

Die Leiden des jungen Werthers

1장

1771년 5월 4일

홀쩍 떠나오길 정말 잘했다고 생각해. 인간의 마음이란 참으로 묘하지. 너무나 정이 들어 떨어질 수 없을 것 같았던 자네와 헤어졌는데 이렇게 명랑하게 지낼 수 있다니. 물론 자네는 용서해주겠지. 그런데 지금까지의 내 인간관계를 보면, 운명은 마치 나라는 인간을 괴롭히기 위해 벼르고 별렀던 것 같지 않은가? 물론 자네는 예외고. 레오노레에 관해서는 정말 유감이네. 하지만 내 책임은 아닐세. 내가 그녀의 동생이 가진 색다른 매력에 이끌려 마음을 빼앗긴 사이, 그쪽에서 나를 좋아하기 시작한 것은 나로서도 어쩔 수가 없는 일이었어. 그러나―내가 완전히 무죄라고 할 수 있을까? 그 아가씨를 그런 방향으로 몰아가지 않았다고 할 수 있을까? 사실 나 역시 전혀 이상할 것 없는 그 순진한 아가씨의 말이나 태도를 다른 사람들과 똑같이 재미있어했다네. 뿐만 아니라―아아, 인간이란 자신을 책망할 수 있으니 묘한 것이야. 자네에게 약속 하나 하지. 나는 말이지, 나 자신을 고쳐보려고 애쓰고 있어. 운명이 우리

에게 과하는 작은 불행을 다시는 되새기지 않을 걸세. 현재
를 있는 그대로 즐길 거야. 과거는 과거일 뿐이니. 확실히
자네가 말한 대로일세. 만약 인간이―하지만 인간이란 놈은
어째서 이 모양일까?―이렇게까지 끈질긴 상상력을 발휘해
서 과거의 불행을 되새김질하지 하지 않고, 허심탄회하게
현재를 살아갈 수 있다면 지금보다 훨씬 고통이 덜할 텐데.

　미안하지만 어머니께 좀 전해주게. 지난번 부
탁받은 일은 최선을 다하고 있고, 될 수 있는
대로 빨리 결과를 알려드리겠다고. 숙모도
만나봤는데, 소문처럼 나쁜 사람은 아니었어.
오히려 친절하고 정이 많은 분이더군. 여기에 남아 있는 유
산의 분배 문제 때문에 어머니가 불만이 많으시다고 전했더
니, 여러 이유나 원인, 조건을 들면서 그것을 양해한다면 언
제든지 전부 인도하겠으며, 우리 쪽에서 요구하고 있는 이
상의 것을 주겠다고 말씀하셨네.―아니, 지금은 그 일에 대
해 더 쓰고 싶지 않고, 어쨌든 어머니께 이렇게만 전해주게
나. 모든 일이 잘 진행될 거라고 말이지. 친구, 이번 사소한
사건에서도 알 수 있듯이, 역시 인간관계에서는 간계나 악
의보다 오해나 태만 때문에 옥신각신하게 되는 경우가 훨씬
많은 것 같아. 적어도 간계나 악의로 인한 분쟁은 확실히 드
물지.

　어쨌든 나는 이곳에서 아주 잘 지내고 있어. 이 천국 같은
대지 위에서 혼자 지내고 있자니 내 마음은 더할 나위 없이

맑아지고, 게다가 봄이라는 계절이 내 겁에 질린 마음을 따뜻하게 감싸준다네. 나무에도 울타리에도 꽃이 만발하고. 내가 차라리 한 마리 풍뎅이라면, 그렇게 해서 향긋한 바다 냄새를 맡으며 헤엄쳐가, 필요한 양분을 마음껏 빨아들일 수 있다면 얼마나 좋을까.

마을 자체는 그다지 쾌적하지 않지만, 주위의 풍경은 형언할 수 없는 아름다움을 뽐내고 있다네. 그래서 작고한 M 백작도 이곳의 언덕 하나에 자신만의 정원을 꾸미고 싶어했던 것이지. 언덕과 언덕들이 한데 어우러져 아름다운 계곡을 만들며 장관을 이루고 있으니까. 정원은 화려하지 않다네. 안으로 한 걸음 발을 들여놓으면, 정원을 꾸민 사람이 대단한 정원사가 아니라, 그저 호젓이 자연을 즐기려는 풍치 있는 남자라는 걸 곧 알 수 있지. 고인이 생전에 아끼던 장소, 또 지금은 나의 사랑을 받는 이 황폐한 정자에서 나는 몇 번이나 고인을 위해 눈물을 흘렸네. 곧 나는 이 정원의 주인이 될 것이고, 얼마 전에 알게 된 정원사도 나를 좋아하고 있지. 하긴 나와 사귀어서 나쁠 것은 없을 테니까.

5월 10일

야릇한 흥분이 내 마음을 온통 사로잡아 버렸네. 내가 마음 깊숙한 곳에서 맛보고 즐기던 감미로운 봄날의 아침과도 같은 그런……. 나는 혼자야, 그리고 나 같은 인간을 위해 만들어진 이 토지 위에서 삶을 즐기고 있지. 말할 수 없이 행복하다네. 포근함과 안락함 속에 푹 빠져 있어. 그래서 그림은 완전히 제쳐둔 상태지. 지금은 전혀 손을 대지 못할 것 같군. 하지만 내 생애에 이처럼 위대한 화가가 되어본 적은 없다네. 주위의 아름다운 계곡에서는 안개가 피어오르고, 어두운 숲 위 저 높이 걸린 태양으로부터 몇 줄기 광선이 신성한 숲의 어둠을 살짝 흔들어 깨우지. 그때 나는 흘러내리는 작은 시냇가의 깊은 풀숲 대지 위에 몸을 기대어, 수없이 돋아난 각양각색의 풀잎에 눈길을 멈춘다네. 그리고 풀줄기 사이 작은 우주의 신음 소리, 온갖 미물, 날개 달린 벌레의 구별하기 힘든 무수한 모습을 가슴 가까이에서 느낀다네. 자신의 모습을 본떠 우리를 만드신 전지전능한 자의 현존, 우리를 영원의 환희 속으로 자상하게 인도해주는 만물의 아버지의 숨결을 느낀다네. 그러면서 문득 두 눈이 흐려지고, 푸른 창공과 주위의 모든 것이 나의 영혼 속에 깊숙이, 마치 연인의 그림자처럼 깃들지. ─ 그런 때에 나는 가슴이 벅차오르며 이렇게 생각한다.

'아아, 이렇게 풍요롭게, 이렇게 따뜻하게 내 안에 살아 숨쉬는 것을 표현할 수 있다면. 그것을 화폭에 담을 수 있다면. 나의 영혼이 무한한 신의 거울이듯이, 그것이 나의 거울이 되어준다면.'

이해할 수 있겠나? ─ 하지만 안 된다, 나는. 그러한 것이 너무나도 훌륭해 감히 손을 뻗을 수가 없다네.

5월 12일

　사람의 마음을 유혹하는 정령이 떠다니는 것인지, 아니면 내 머리에서 샘솟는 상상력 때문인지 알 수 없지만, 주위의 모든 것이 마치 하늘의 낙원처럼 느껴진다네. 마을에서 그다지 멀지 않은 곳에 샘이 하나 있어. 나는 메르지네(역주 : 프랑스 전설에 나오는 물의 요정. 인간의 아내가 되었지만, 샘에 와서는 본래의 인어의 모습으로 돌아와 언니, 동생들과 함께 놀았다)와 그 자매들처럼 그 샘물에 몹시 끌린다네. ─작은 언덕을 내려가면 아치형의 문이 나오고, 그곳을 빠져나가 스무 단 정도 더 아래로 내려가면 깔아놓은 대리석 사이에서 아주 깨끗한 물이 솟아나고 있지. 그 위를 빙 두른 낮은 돌담 벽, 돌담을 둘러싸며 그늘을 만들고 있는 아름드리 나무들, 그리고 주변의 상쾌한 공기, 이러한 모든 것에 내 마음을 사로잡고 깊은 감동을 느끼게 하는 무언가가 숨어 있네. 그곳에서 한 시간 가량 머물다 오는 것이 내겐 중요한 일과가 되어버렸지. 때때로 그곳에는 마을 아가씨들이 물을 길으러 오기도 하는데, 이 일이야말로 실로 단순하면서도 또 제일 중요한 일이기도 하지. 옛날에는 왕녀들도 했다고 하잖나. 앉아서 바라보고 있노라면 고대 사람들도 이러했을까 하는 생각이 든다네. 우리의 먼 조상들은 모두 샘물가에서 처음 만나 사랑을 속삭이곤 했겠지. 그리고 샘 주위에는 자비로운 정령이 살고 있었을 거야. 그러한 것에 생각이 미치지 않은 자는 무더운 여름날 긴 여정에서 돌아와, 샘물가에서 한숨 돌리며 들이마시는 그 상큼한 공기의 맛을 모르는 인간들뿐일 거야.

5월 13일

내 책들을 보내주겠다고? 무슨 소리, 제발 참아주게. 가르침을 받거나 격려받거나 부채질당하는 것은 이제 질렸어. 끓어오르는 이 마음 하나 주체할 수 없을 정도니까 말이야. 필요한 것은 오히려 자장간데, 이것은 나의 호메로스 속에서 충분히 발견했네. 사실 나는 열정이 끓어오를 때면 자장가로 잠재우곤 하지. 자네도 내 심장만큼 변덕스럽게 요동치는 것을 본 적이 없을 거야. 아니 굳이 이런 걸 자네에게 말할 필요는 없겠지. 자네는 나라는 남자가 고민에서 방종한 공상으로, 달콤한 우울에서 파멸적인 격정으로 옮겨가는 것을 질릴 만큼 보아왔으니까. 또 나 역시 내 마음을 병이 난 아이처럼 취급하고 있지. 하고 싶은 대로 마냥 내버려두고 있어. 하지만 이런 것을 다른 사람에게는 말하지 말게. 안 좋게 생각하는 사람도 있을 테니까.

5월 15일

　벌써 아는 사람이 생겼지 뭔가. 신분이 낮은 사람들이지만 모두들 나를 좋아하고 있어. 특히 아이들이 말이지. 내가 무리 속에 끼어들어 붙임성 있게 이것저것 물어보니, 처음에는 놀린다고 생각했는지 매우 쌀쌀맞게 굴더군. 하지만 나는 눈 하나 깜짝하지 않았지. 이제까지 줄곧 느껴온 거지만 이번에도 이런 생각을 했다네. 즉 좀 지위가 있는 놈들은 언제나 비천한 사람들과의 사이에 거리를 두고 냉정한 자세를 취하고 있지. 가까이 하면 손해라는 생각으로. 또 한편으로는 신분이 낮은 사람들에게 자신의 존대함을 한층 강하게 인식시키려는 저의에서 일부러 깔보듯이 대하는 거야. 질이 나쁜 놈들이지.

　물론 우리는 평등하지 않고 평등할 수도 없지만, 그렇다 해도 오로지 존경받기 위해서 신분이 낮은 사람들을 멀리해야 한다고 믿는 자들은 패하는 게 두려워 적에게 꼬리를 보이며 줄행랑치는 비겁한 놈과 무엇이 다르겠나?

　최근에 샘이 있는 곳에 갔을 때, 하녀인 듯한 젊은 아가씨를 만났네. 그녀는 물통을 바닥에 내려놓고 주위를 두리번거리고 있더군. 누군가가 오면 도움을 받아 물통을 머리에 얹으려고 하는 것이었지. 아래로 내려가서 그 여자의 얼굴을 보며, 「도

21

와줄까요, 아가씨? 하고 말을 걸었네. 그랬더니 그녀는 얼굴이 빨개져서 「아뇨, 괜찮아요」 하지 않겠나. 내가 「사양하지 마세요」라고 했더니, 똬리를 머리 위에 올리더군. 그래 내가 물통을 얹어주었네. 아가씨는 고맙다는 인사를 하고 계단을 올라갔어.

5월 17일

　여러 사람과 알게 되었지만, 마음을 터놓을 수 있는 친구는 아직 찾지 못했다네. 도대체 나의 어떤 면이 타인에게 호감을 주는지는 모르겠지만, 대부분의 사람이 나를 좋아하고 친절하게 대해주고 있어. 이 세상을 걸어가는 우리가 함께할 수 있는 길이 그저 잠시뿐이라는 게 원망스럽군. 이 고장 사람들의 모습이 어떠냐고 묻는다면, 모두 비슷비슷하다고밖에 대답할 수 없을 거야. 인간이란 별로 다를 게 없거든. 대개의 사람은 삶의 대부분을 먹고사는데 써버리지. 그러다가 얼마간 손아귀에 자유로운 시간이 남게 되면 걱정이 되어 참지 못하고 어떻게든 이것을 메우려고 난리를 피운다 말이다. 정말 알 수 없는 존재야, 인간이라는 것은.

　하지만 꽤 좋은 이웃들이라네. 때때로 식탁 위에 먹음직스러운 음식을 앞에 두고, 사심 없는 농담을 주고받으며 자신을 잊고 유쾌하게 떠들어댄다든지, 날씨 좋은 날 야외로

놀러 나간다든지, 춤을 춘다든지, 뭐 그런 천하가 공인하는 인간다운 즐거움을 이 고장 사람들과 함께 할 때면, 나는 정말 기분이 좋아진다네. 단, 내 안에 들어 있는 많은 힘, 사용되지 않아 썩어가고 있는 이것을 깊숙이 감춰두어야 한다는 것을 상기하지만 않는다면 말이지. 그것을 생각하면 가슴이 온통 조여온다네. 그러나 말이지, 오해받는다는 것은 역시 우리 인간의 운명인 것이야.

그 어릴 적 여자 친구는 하늘나라로 가버렸네. 차라리 서로 모르는 편이 나았을지도 모르지. ─나는 자신을 향해 말해야겠다. 「너는 바보다. 너는 이 세상에서 얻지 못할 것을 구하고 있다!」 그러나 나에게는 그녀라는 존재가 있었네. 나는 그녀의 마음을, 그 고매한 영혼을 손에 잡고 있었어. 그 영혼을 눈앞에 두고 있으면 내가 나 이상의 것으로 생각됐지. 무엇이든 생각하는 대로 이룰 수 있었기 때문이야. 내 영혼의 모든 힘이 발휘되었네. 그녀 앞에 있으면 내 마음은 자연을 손에 넣었을 때의 그 영묘한 기분이 될 수 있었지. 우리 둘의 교제는 아주 섬세한 감각, 그리고 날카로운 지성과 이성이 엮어 내는 영원의 산물이었다네. 이 직물의 다양한 변화는 어느 하나라도, 극단적인 것조차도 예외 없이 천

재의 각인이 찍혀 있지 않았던가! 그런데 어떤가, 현재는. ─아아, 연상의 그녀는 결국 나보다 먼저 떠나가 버렸어. 나는 결코 그녀를 잊을 수가 없다네. 그녀의 견실

함과 하느님 같은 인내심을.

며칠 전, V라는 젊은이를 만났다네. 잘생기고 시원스런 청년으로 대학을 나온 지 얼마 안 됐어. 머리가 좋다고 자만하는 건 아니지만, 스스로 다른 사람보다 박식하다고 생각하고 있는 것 같더군. 사실 여러 가지 점에서 미루어 공붓벌레라고나 할까, 뭐 학식이 좀 있는 정도지. 내가 그림도 그리고 그리스어도 조금 한다는 말을 듣고는(이 두 가지는 독일에서 2대 운성이라 할 수 있지) 나를 찾아와서, 바퇴(역주 : 1713~80. 프랑스의 미학자)에서 우드(역주 : 1716~71. 영국의 호메로스 연구가), 드 필(역주 : 1635~1709. 프랑스의 화가, 미술 평론가)에서 빙켈만(역주 : 1717~68. 독일의 미술사학자)에 이르는 내용들을 쭉 늘어놓으며, 줄처(역주 : 1720~79. 독일의 미학자)의 1부는 완전히 독파했다는 둥, 하이네(역주 : 1729~1812. 독일의 언어학자, 고고학자)의 고대사 연구 원고를 갖고 있다는 둥 하며 열을 올리지 뭔가. 나는 잠자코 다 들어주었다네.

또 한 사람, 좋은 사람을 알게 되었어. 공작가의 법무관으로 솔직하고 성실한 사람이라네. 자식을 아홉이나 뒀다는데, 그 사람이 아홉 아이들에 둘러싸인 모습이 볼 만한 모양이야. 그런데 그중 맏딸의 평판이 대단하더군. 한번 찾아오라고 해서 조만간 방문할 생각이라네. 마을에서 한 시간 반 정도 떨어진 공작가의 별장에 살고 있지. 부인을 잃은 후,

마을의 관사에서 사는 것이 괴로워 양해를 얻어 그쪽에 가 있는 것이라고 해.

그 외에도 다른 사람을 두서넛 만났는데, 뒤둥그러진 성격의 별난 인물들이더군. 그들이 친한 척을 할 때면 도저히 참을 수 없을 지경이야.

그러면 잘 있게. 이 편지는 마음에 들었을 거야. 사실 그대로니까.

5월 22일

인생은 한낱 일장춘몽에 지나지 않는다는 말이 있지. 나역시 늘 그런 생각이 든다네. 인간의 활동하는 힘, 연구하는 힘의 한계를 생각하면 모든 인간 활동은 결국, 우리의 욕망만을 만족시키고 있는 것이지. 그 욕망이란 것도 비참한 생을 질질 끄는 것 외에 아무런 목적다운 목적을 지니지 않고, 우리가 갇혀 있는 감옥의 사방 벽에 존재하지도 않는 아름다운 모습이나 밝은 경치를 그리고 있는 꼴이야. 우리가 무엇을 연구하고 어떤 단계에서 만족한다 해도 결국 덧없는 포기에 지나지 않는다는 것을 생각하면, 빌헬름—그러면 나는 아무 말도 할 수 없게 된다네. 나는 내 안으로 끌려 내려가, 거기에서 하나의 세계를 발견하는 거야. 물론 확실한 형태의 힘있는 세계는 아니지. 예감과 희미한 욕구만이 꿈틀거리고 있는 세계야. 그곳에는 모든 것이 흘러가고, 나는 비몽사몽 중에 그러한 세계에 유쾌한 마음으로 몸을 던지는 것이라네.

흔히 학식이 높은 학교 선생이나 가정교사 양반들은 입을 모아, 아이들이란 자기 욕구가 어디에 근거하는지를 모른다고들 하는데, 그것은 어른들도 마찬가지 아닌가? 아이들과 마찬가지로 이 지상을 아장아장 걸어다니며, 어디에서 와서 어디로 가는지 모르고, 진정한 목적에 따라 행동하지도 않으며, 과자나 채찍으로 조종되고 있을 뿐인데, 이상도 하지? 누구 하나 그러한 사실을 믿으려고 하지 않으니 말이야. 하지만 이보다 더 확실한 사실이 어디 있겠나?

이런 말을 하면, 자네는 필시 이렇게 말하겠지. 아이들처럼 매일 매일을 정신없이 사는 인간, 인형을 질질 끌고 다니며 옷을 입혔다 벗겼다 하고, 엄마가 과자를 넣어둔 서랍 근처를 조용히 서성대다가, 가까스로 바라던 것을 손에 넣게 되면 입 안 가득히 집어넣고는 「더 줘」라고 조르는 그런 인간이 가장 행복할 것이라고. 그럴지도 모르지. ─그야말로 행복한 사람들이지. 그리고 자신의 사소한 변덕에조차 거창한 이름을 붙이고는 이것이야말로 세상을 위한, 인간을 위한 대사업이라고 떠들어대는 사람들 역시 그래. ─그것으로 만족하는 무리는 그걸로 된 거야. 하지만 모든 사물의 귀착점을 겸허하게 깨닫는 자, 즉 평범하게 살아가는 이런저런 사람들이 손바닥만한 자신의 정원을 꾸며놓고 천상의 낙원처럼 여긴다든지, 불행한 인간이 무거운 짐을 지고 헐떡거리면서도 세파를 헤쳐나가다든지, 이 세상 누구라도 예외 없이 내리쬐는 태양빛을 일 분이라도 오래 보고 싶어한다든지 하는 것을 간파하는 자, 그런 자야말로 말없이 자신의 내부 세계를 창조해내고 또, 자신이 하나의 인간이기에 진정 행복한 것이 아닐까? 게다가 그러한 인간은 아무리 속세에 얽매여 있어도 항상 가슴속에는 감미로운 자유를 지니고 있지. 원한다면 언제라도 현세라는 감옥에서 탈출할 수 있는 자유를.

5월 26일

빌헬름, 자넨 옛날부터 나의 취향을 알고 있었겠지만, 나는 항상 어딘가 친숙함이 느껴지는 장소를 발견하면, 거기에 조그만 오두막을 짓고 될 수 있는 한 검소하게 살고 싶어하지. 여기에서도 마음에 드는 장소를 발견했다네.

마을에서 한 시간쯤 떨어진 장소에 발하임(원주 : 독자는 여기에 언급한 지역이 어디에 있는가를 찾지 말길 바람. 편집자가 부득이 원문 속의 실제 이름을 바꾸었음)이라는 곳이 있어. 언덕 가에 위치한 그 모양새가 상당히 재미있더군. 위쪽의 오솔길을 지나 마을을 빠져나오면 갑자기 계곡 전체가 내려다보이지. 술이며 맥주, 커피를 파는 음식점이 하나 있는데, 가게 여주인은 젊지는 않지만 빠릿빠릿하고 애교도 있다네. 그러나 더 걸작인 것은 두 그루의 보리수야. 교회 앞의 작은 광장이 그 나무 잎들로 그늘져 있지. 광장의 주위에는 농가와 헛간, 울타리를 둘러친 농가의 앞뜰이 있어. 이렇게 정겨운 느낌이 드는 곳은 또 없을 걸세. 나는 음식점에서 작은 탁자와 의자를 이 광장으로 옮겨놓고, 커피를 마시기도 하도 호메로스를 읽기도 한다네.

어느 맑은 날 오후, 우연히 그곳에 발을 들여놓게 되었지. 그때는 쥐 죽은 듯이 고요했어. 모두 밭에 일하러 나가고, 네 살쯤 되어 보이는 사내아이가 혼자 땅바닥에 앉아 있었지. 태어난 지 여섯 달이나 됐을까 싶은 아기를 다리 사이에 걸쳐놓고 양팔로 자기 가슴팍에 꼭 안고 있었네. 일종의 안락의자인 셈이지. 주위를 둘러보는 아이의 검은 눈동자엔 장난기가 넘쳤지만, 기특하게도 얌전하게 아기를 돌보는 거야. 그 광경을 보니 흐뭇해지더군. 그래서 나는 맞은편에 있는 가래 위에 걸터앉아, 형제의 모습을 아주 즐거운 마음으로 그렸다네. 그리고 바로 옆의 울타리와 헛간 문, 부서진 차바퀴 두세 개 등 거기에 있는 것을 보이는 대로 그려 넣어 가니, 한 시간 만에 아주 재미있고 그럴싸한 그림이 완성되었어. 마음대로 덧붙인 것은 아무것도 없었는데 말이지. 그래서 앞으로는 오로지 리얼리즘 한 방향을 고집하기로 마음을 굳혔다네. 무한한 풍요로움을 지닌 것은 오로지 자연뿐이야. 자연만이 위대한 예술가를 만들어내지. 칭찬받는 시

민사회를 이루기 위해 규칙을 옹호하는 것은 물론 좋아. 규칙에 따르는 인간은 결코 몰취미하거나 보기 싫은 것을 만들지는 않거든. 법률이나 예의범절에 따라 몸을 움직이는 인간 중에 절대로 불쾌한 자나 악한 자가 없듯이 말이지. 그러나 그 대신 규칙이란 어떤 것이든 자연의 진실한 감정과 표현을 파괴하는 것이야. 이것은 명백하네. 혹 자네는 이렇게 반박할지도 모르지. 「규칙은 단지 선을 그어 쓸데없는 가지를 쳐낼 뿐이다. 그런 논리는 극단적이다」라고. ─자, 예를 하나 들어볼까? 이는 남녀 사이의 연애와도 같다네. 한 젊은 남자가 어느 소녀에게 흘딱 반해서 허구한 날 그녀 곁에 꼭 붙어 있으면서 모든 재능, 전 재산을 다 털어 그녀의 호감을 사려고 갖은 애를 다 쓰고 있었어. 여기에 한 사람의 속물, 나라의 관리인지 뭔지 하는 남자가 나타나서 이렇게 말하는 거야.

「자네, 연애하는 것은 좋지만 제대로 하게. 자네의 시간을 쪼개서 일하는 시간을 빼고, 나머지 휴식 시간을 아가씨에게 바치도록 하게. 재산은 잘 계산해서 필요한 경비를 제외하고 남은 몫에서 선물을 하도록 해. 단, 선물도 너무 자주 하면 안 되네. 생일과 같은 특별한 날에만 한정하는 거야.」

자, 어떨까? 과연 그런 충고를 따르면 유능한 청년이 될 테니, 그런 청년이라면 관리로서 손색이 없을 거라고 나 역시 어느 고관에게든 추천하겠네. 하지만 연애는 그것으로 끝장이지. 그 청년이 예술가라면 예술도 역시 끝장이야. 아아, 도대체 왜 천재라는 커다란 흐름이 큰 파도를 일으키며 다가와 뭇사람의 마음을 흔들어 경악케 하는 일은 드문 것일까?—이건 마치 강가의 양측에 아주 점잖은 신사 양반들이 살고 있어서, 자신들의 정자나 튤립 화단, 채소밭이 엉망이 되지 않을까 마음 졸이고, 만일의 위험에 대비하여 높은 댐을 쌓고 배수공사를 하는 꼴이네.

5월 27일

어제는 내가 본의 아니게 긴 설명과 예를 덧붙이느라, 후에 그 두 아이가 어떻게 되었는지 자세히 얘기하는 것을 깜박하고 말았네. 어제 편지에서도 잠깐 언급했지만, 나는 그림에 열중해서 가래 위에서 그럭저럭 두 시간 정도 힘을 쏟고 있었지. 얼마 후 저녁 무렵, 한 여자가 아이들 쪽으로 다가왔어. 아이들은 그때까지 쭉 얌전히 있었다네. 여자는 손에 바구니를 들고 멀리서 「필립스, 정말 기특하구나」 하고 외치는 것이야. 나한테도 목례를 하기에 나도 머리 숙여 인사를 한 다음, 일어나서 가까이 다가가 어머니인지 물어보았지. 그렇다더군. 그녀는 하얀 빵을 반으로 뚝 잘라 큰 아이에게 주고, 갓난아이를 안아 올리더니 엄마의 애정이 듬뿍 담긴 뽀뽀를 하고 이렇게 말하는 거야.

「필립스에게 어린것을 맡기고 시내로 나가, 빵하고 설탕, 질냄비, 또 우리 맏아들한테 필요한 걸 좀 사러 갔다 왔지요.」

과연 흘러내린 바구니 뚜껑 사이로 물건들이 보이더군.

「오늘 저녁에는 한스(이것이 막내둥이의 이름이라네)에게 수프를 만들어주려고 말이죠. 말썽꾸러기 큰놈이 어제, 남은 죽을 가지고 필립스와 싸움을 하다가 애써 장만한 질냄비를 깨뜨리고 말았지 뭐예요.」

내가 맏아이는 어디 갔냐고 묻자, 풀밭에서 거위를 두세 마리 쫓고 있다는 여자의 대답이 채 끝나기도 전에 그 녀석이 뛰어 들어와, 둘째 아이에게 개암나무 지팡이를 가져다주더군. 잠깐 서서 얘기하는 동안에 이런 일들을 알았다네. 그 여자는 학교 선생의 딸로, 남편은 지금 사촌의 유산을 받으러 스위스로 떠나고 없다고 해.

「몇 번 편지를 부쳤지만 답장을 보내오지 않아서 남편이 직접 그쪽으로 떠났는데, 감감무소식이라 무언가 잘못된 것이 아닌가 걱정하고 있어요.」

나는 헤어지기 아쉬워서 머뭇거리다가, 세 명의 아이에게 각각 1크로이처씩 주었지. 제일 어린아이의 몫은 엄마에게 건네주면서 시내에 가거든 수프에 곁들여 먹는 흰 빵을 사주라고 하고 헤어졌다네.

빌헬름, 나는 말이지, 도저히 마음을 다스릴 길이 없을 때면, 자신의 좁은 생활권 안에서도 불평 없이 태평하고 즐겁게 그날그날을 어떻게든 견뎌나가면서, 떨어지는 나뭇잎을 보고 겨울이 왔다는 것 말고는 아무 생각도 하지 않는 그런 사람을 바라본다네. 그건 나에게 둘도 없는 약이 되지.

그 후에도 나는 여러 번 그곳을 찾았어. 아이들과는 이제 아주 친해져서 내가 커피를 마실 때 설탕을 받아먹기도 하고, 저녁에는 버터나 빵, 요구르트도 나누어 먹는다네. 일요일에는 꼭 1크로이처씩 쥐어주고 말이지. 기도 시간이 지나도 내가 갈 수 없을 때는 음식점 여주인에게 대신 건네주라고 부탁해놓는다네. 아이들은 동갑내기 친구 대하듯이 나에게 별의별 얘기를 다 해주지. 특히 마을 아이들이 우르르 모여들 때, 그 아이들이 표출하는 격한 감정이나 솔직한 욕구를 보고 있노라면 절로 웃음이 나온다네.

내게 폐를 끼치는 일은 없는지 아이들 엄마가 걱정하는 눈치여서, 아니라고 납득시키느라 꽤 애를 먹었어.

5월 30일

요전에 그림에 관해 언급한 것은 확실히 문학에도 해당되는 거야. 문제는 뛰어난 것을 확실하게 포착해서 그것을 단호히 표현한다는 것에 있지. 구구한 말이 없어도 많은 것을 함축할 수 있거든. 오늘 본 한 폭의 풍경을 그대로 옮겼으면 멋진 목가가 됐을 텐데. 하지만 문학이니 시니 그림이니 하는 것이 아무런들 어떤가? 그저 자연과 하나로 어우러지면 되는 것을. 기교 같은 것이 무슨 소용 있겠나?

이런 식으로 말을 꺼내면 자네는 상당히 고상한 무언가를 기대하겠지만, 실은 나를 이토록 열중하게 한 것은 다름 아닌 한 머슴이라네. 늘 그러하듯이 나는 말주변이 없고, 또 여느 때처럼 자네는 내 과장하는 버릇이 나왔다고 타박하겠지만, 장소는 다시 발하임. 이런 진기한 일은 꼭 발하임에서 일어나지.

보리수 아래에서 차 모임이 있었는데, 그 무리가 나와 잘 맞지 않아 나는 핑계를 대고 슬그머니 빠져나왔다네.

그때 한 머슴이 근처 집에서 나와, 내가 요전에 그린 가래를 열심히 고치기 시작했어. 그 모습이 마음에 끌려서 말을 걸어 신상을 물어보았지. 우리는 곧 서로에 대해 알게 되었고, 이러한 사람들과는 항상 그렇듯이 금방 친해질 수 있었네. 그는 어떤 과부의 집에서 일을 하면서 꽤 좋은 대우를 받고 있더군. 입이 닳도록 여주인을 칭찬하는 것으로 보아 아무래도 여주인을 굉장히 사모하고 있는 것 같았어. 이젠 젊지도 않고, 첫 남편이란 작자한테서 몹시 험한 꼴을 당해 재혼할 생각은 없다고 하는데, 이 머슴에게 여주인이 얼마나 아름답고 매력이 넘치는 사람인가 하는 것은 그 말하는 품으로 보아 의심할 여지가 없었다네. 전

남편과의 끔찍했던 기억을 지워버리게 하기 위해서도 이 여자와 결혼했으면 하고 바라는 모양이야. 이 남자의 순수한 사모의 정, 성실성을 자네에게 납득시키려면, 나는 한 마디 한 마디를 여기에 다시 반복하지 않으면 안 될 걸세. 그 표정이나 믿음직스런 목소리, 불타는 애정을 억누르는 듯한 눈빛, 이러한 것을 생생하게 묘사해내기란 위대한 시인이 아니면 불가능할 것이니 말이야. 이 남자의 전신에 넘쳐흐르는 사랑을 표현할 수 있는 단어는 어디에도 없지. 내가 어떤 말로 형용하려 해도 도저히 불가능하다네. 혹여 여주인과의 관계를 내가 올바르지 않게 보고 있는 것은 아닌지, 그 부인의 반듯한 몸가짐을 내가 의심하고 있지는 않은지 걱정하는 모습은 정말 가슴을 찡하게 하더군. 그 부인의 자태를 입에 담을 때의 표정이란 필설로는 이루 다 표현할 수가 없다네. 그렇다고 이 남자의 마음을 사로잡고 있는 부인의 모습이 풋풋한 것은 아니야. 하지만 나는 지금까지 이렇게 순수하고도 절실한 욕망과 억누르기 힘든 뜨거운 사모의 정을 본 적이 없어. 아니 그렇다기보다 이렇게 순수한 마음으로 생각해본 적도, 꿈꿔본 적도 없지. 이 순수함, 이 진지함을 떠올리면 마음 한구석이 불타오르고, 그의 성실한 사랑이 어디까지고 나를 쫓아와, 마치 나 자신도 이를 위해 불탄 것처럼 까만 재로 변해버린다네. 이런 식으로 말하는 것을 용서해주게.

어쨌든 빨리 그 부인을 만나보고 싶어지는군. 아니 잠깐,

그것은 피하는 편이 나을까? 연인의 눈을 통해 보고 있는 것이 더 좋을지도 몰라. 직접 보면, 아마 지금 내가 마음속으로 그리는 그런 모습과는 다를 거야. 그 아름다운 모습을 무참히 파괴할 수는 없지.

6월 16일

어째서 편지를 쓰지 않았느냐고? 그렇게 묻다니 자네도 역시 꽉 막힌 여느 선생들과 다를 바 없군. 아주 잘 있다는 것 정도는 헤아릴 만하지 않은가. 게다가 어떤 이를 알게 되었다네. 말하자면 아주 소중한. 나는 말이지, 잘 모르겠어.

이 사람을 어떻게 알게 됐는지 그 경위를 조리 있게 말하는 것이 아무래도 나에게는 너무 부담스럽군. 그저 행복하고 만족스럽다고밖에 할 수 없으니. 서투르기 짝이 없는 표현이지.

천사라고나 할까? 아니, 진부해. 정말 진부해. 누구든 사랑하는 사람을 이렇게 부르니까. 하지만 나는 그 사람이 왜 완벽한지, 얼마나 완벽한지를 설명할 수가 없다네. 그래, 나는 이미 그녀에게 푹 빠져버렸어. 실로 현명하고, 순수하며, 다부지고, 착하고, 발랄하고, 부지런하고, 참한 그녀에게 말이야.

이런 문구는 추잡한 수다에 지나지 않아. 따분한 상투어에 불과하지. 그녀의 인격을 털끝만큼도 나타내주지 못한다네. 그럼 다음에─아니, 다음은 안 돼. 지금 얘기하겠어. 지금 얘기하지 않으면 영원히 기회는 오지 않을 거야. 실은 말이지, 이 편지를 쓰려고 책상머리에 앉았지만, 벌써 세 번이나 붓을 던져버리고 말았다네. 그리고 말에 안장을 얹어 나가려고 했지. 하지만 오늘 아침 맹세한 게 있어. 오늘은 나가지 않겠다고 말이야. 그런데 그렇게 맹세를 해놓고도 해가 어디쯤 걸렸을까 궁금해 계속해서 창가만 맴돌았지 뭔가.

결국 스스로의 결심을 지키지 못하고 나갔다 왔다네. 돌아온 지 얼마 안 됐어, 빌헬름. 방금 저녁을 먹고 자네에게 편지를 쓰는 걸세. 팔팔하고 귀여운 아이들, 여덟 명의 동생에게 둘러싸여 있는 그 사람을 바라보고 있노라면, 나는 아무 말도 할 수가 없네.

이런 식으로 얘기하면 아무리 해도 자네는 통 알아들을 수가 없겠지. 자, 그럼 힘을 내서 상세하게 풀어나가도록 해보겠네.

내가 S라는 나이 든 법무관과 알게 되어서 그 사람의 은신처라고 할까, 작은 왕국을 한번 찾아달라는 말을 들었다는 것은 요전에 자네에게 썼었지. 나는 이 방문을 계속 미루어왔네. 만약 우연히 그 조용한 땅에 숨겨져 있는 작은 보물을 발견하지 못했더라면 아마 영영 가지 않고 끝나버렸을 걸세.

마을의 젊은 친구들이 교외에서 무도회를 연다고 하여 나도 이의 없이 참가했다네. 나는 이 고장의 착하고 예쁘장한, 하지만 그 외에는 그저 평범할 뿐인 아가씨와 파트너가 되었고, 마차를 빌려 내 파트너와 그녀의 사촌을 데리고 무도회에 가기로 했다네. 그리고 가는 길에 샤를로테 S라는 아가씨를 같이 태우고 가기로 얘기가 되어 있었지. 그런데 우리가 별장을 향해 넓고 확 트인 숲 속을 마차로 달리는 도중, 내 파트너가 이렇게 말하더군.

「지금 데리러 가는 분, 정말 아름다운 분이에요.」

그러자 사촌은 고개를 끄덕이며, 「조심하도록 해요. 사랑에 빠지면 안 되니까」라고 하는 거야. 이유를 물으니 이번에는 내 파트너가 「이미 약혼자가 있으니까요. 상대는 아주 멋진 남자예요. 지금은 여행 중이죠. 아버지가 돌아가셔서 그 뒤처리도 하고, 거기에서 좋은 지위를 얻기도 하려고 나간 거예요」 하고 대답했어. 처음 이 말을 들었을 땐, 나는 별반 아무 생각도 없었다네.

별장의 문 앞에 다달았을 때는 태양이 고개 너머로 얼굴을 감추려면 아직 15분이나 남아 있었어. 푹푹 찌는 날씨여서 부인들은 폭우가 내리지 않을까 걱정하기 시작했어. 회색빛이 감도는 하얀 구름이 뭉게뭉게 사방의 지평선에 피어오르고 있었거든. 나는 엉터리 기상 지식을 대충 둘러대며 부인들의 걱정을 달래려고 했지. 하지만 실은 나야말로 오늘 밤의 즐거움에 훼방꾼이 낄 것만 같아 걱정이 되지 뭔가.

우리가 마차에서 내리자 하녀가 문가로 나와 「잠깐만 기다리세요. 로테 아가씨는 이제 곧 나오실 겁니다」 하더군. 정원을 가로질러 떡 하니 서 있는 본채의 툭 튀어나온 계단을 올라가 현관에 발을 들여놓으니, 이제껏 본 적이 없는 그야말로 황홀한 광경이 눈앞에 펼쳐졌다네. 현관 앞의 큰 방에 두 살부터 열한 살 가량의 아이들이 왁자지껄 떠들어대고 있고, 그 한가운데에 아름다운 자태의 아가씨가 한 명 있었어. 보통 키에 흰옷을 깔끔하게 차려입고, 팔과 가슴 부분에는 담홍색 장식 줄을 달고 있었지. 손에 든 검은 빵을 주위에 있는 아이들에게 나이와 식욕에 따라 잘라서 나눠주고 있었는데, 아주 상냥한 모습이었어. 빵을 받은 아이들은 하나같이 「고맙습니다」 하고 인사를 하더군. 진심 어린 목소리로 말이지. 아직 받지 못한 아이들은 계속 작은 손을 높이 쳐들고 있다가, 드디어 저녁밥인 빵을 얻자 안심하고 뛰어가기도 하고, 또 참해 보이는 한 아이는 언니 로테가 손님들과 함께 타고 갈 마차를 보려고 천천히 그 자리를 떠나 정원 문 쪽으로 가더군.

　　「어머, 죄송합니다. 이런 곳까지 오시라고 부탁해놓고 기다리게 해서요. 외출해서 이것저것 볼일 좀 보고, 옷도 갈아입고 하다 보니 아이들에게 저녁 빵 주는 것을 잊어버렸지 뭐예요. 빵은 꼭 제가 잘라서 주지 않으면 도통 먹으려 들지 않아서 말이죠.」

내 인사는 지극히 평범한 것이었지만 그녀의 자태와 목소리, 거동에 온 마음을 빼앗기고 있었기 때문에 그녀가 장갑과 부채를 가지러 방 안으로 달려갔을 때야 겨우 제정신을 차릴 수 있었다네. 아이들은 옆에서 조금 떨어져 나를 물끄러미 쳐다보고 있었는데, 내가 잘생기고 제일 어려 보이는 아이 곁으로 다가가자 뒤로 물러서더군. 그때 마침 로테가 문에서 나와 「루이, 삼촌께 손을 내밀어야지」 하고 말했지.

그 아이는 아주 씩씩하게 손을 내밀어 악수를 했어. 나는 그 앙증맞은 모습에 참을 수가 없어 콧물이 묻어 있는 조막만 한 코에 쪽 하고 뽀뽀를 해주었다네.

나는 로테에게 손을 내밀면서 이렇게 말했지.

「삼촌이라고요? 글쎄요, 제가 당신과 친척지간이 되는 그런 행운을 누릴 자격이 있는지 모르겠군요.」

그러자 그녀는 장난기 어린 얼굴로 웃으며 「어머, 우리는 친척이 아주 많답니다. 큰일이에요, 만약 당신이 그중에서 제일 나쁜 분이라면.」

로테는 집을 떠나기 직전에 열한 살 가량 돼 보이는 바로 아래 여동생 소피에게, 아이들을 잘 돌봐주고, 또 아버지가 말을 타고 산책에서 돌아오시면 꼭 인사를 드리라고 일러두었지. 다른 아이들에게는 소피 언니를 큰언니라 여기고 말을 잘 들으라고 하고. 그중에는 순순히 고개를 끄덕이는 아이도 있었지만, 여섯 살쯤 되는 금발의 새침한 아이는 「하지만 소피 언니는 로테 언니가 아닌걸. 로테 언니가 더 좋아」

하고 떼를 쓰더군.

그 사이 좀 더 큰 남자 아이 둘이 마차 뒤를 기어오르고 있기에, 장난치지 않고 얌전히 있겠다고 약속하면 내가 숲이 있는 곳까지 태워주겠다고 했지.

마차에 오르자 부인들은 인사를 나누고, 의상, 특히 모자에 관해 서로 의견을 나누었어. 그리고 오늘 밤 모이는 사람들에 대한 상당히 날카로운 비평이 시작되려고 할 때, 로테는 마부에게 말해서 남동생들을 내리게 했다네. 둘은 로테의  손에 뽀뽀를 했지. 큰 아이는 열다섯 살이라는 나이에 어울리게 애정을 담아, 작은 아이는 조금 씩씩하게. 로테는 두 아이를 또 한 번 우리에게 인사시키고, 다시 차를 달리게 했네.

「지난번 보내드린 책, 다 읽었나요?」 사촌 되는 사람이 로테에게 물으니 「아니요, 아직이에요. 재미가 없던걸요. 돌려드릴게요. 그 전 것도 역시 그래요」 하고 그녀는 대답했네.

책 제목을 듣고 나는 놀라고 말았어. 〈×××〉(원주 : 서간의 이 부분은 부득이 삭제한다. 다른 사람에게 다소라도 폐를 끼칠 여지를 만들지 않기 위해서. 하긴 변덕스런 아가씨나 청년의 비평을 마음에 두는 작가는 없을 것이라 생각하지만)라더군. 로테가 하는 말은 모두 뚜렷한 개성이 있는 것이었다네. 내가 자신의 기분을 이해하고 있다는 것을 알았는지 그녀의 표정은 점점 부드러워지고, 말 한 마디 한 마디에 새로운 매력, 정신의 새로운 빛이 그 표정에서 발산되고 있었지.

로테는 또 이렇게 말했어.

「예전에는 소설을 정말 좋아해서요, 일요일 같은 때에는 방 한구석에 앉아서 오로지 미스 제니(역주 : 당시 많이 읽히던 영국 연애소설의 주인공) 같은 여자의 행복과 불행에 웃고 울고 했지요. 그것은 아주 재미있었답니다. 물론 지금 봐도 재미있어요. 하지만 책을 읽을 수 있는 시간이 좀처럼 없기 때문에, 어차피 읽는다면 내 취미에 맞는 것이 좋다고 생각하는 거지요. 나와 비슷한 세계와 신분을 가진 사람이 나와서, 내 가정생활처럼 흥미를 느낄 수 있고 친숙해질 수 있는, 그런 이야기를 쓰는 작가가 제일 좋아요. 물론 우리의 생활이 천국은 아니지만, 뭐 말하자면 즐거움의 샘과 같은 것이니까요.」

나는 그 말을 듣고 감동을 숨기느라 몹시 애를 썼다네. 물론 그것은 곧 들켜버리게 됐지만. 로테가 〈웨이크필드의 목사〉(원주 : 영국의 작가 골드스미스의 소설)나 〈×××〉(원주 : 여기에서도 두세 명 독일 작가의 이름을 삭제했다. 로테의 취미에 공명하는 독자는 이 부분을 읽으면 그것이 누구인지 분명히 짐작할 수 있을 것이고, 그렇지 않다 해도 일부러 그것을 알 필요는 없기 때문이다)을 언급하며 실로 훌륭한 비평을 하는 것을 듣고 나는 완전히 푹 빠져, 알고 있는 것을 모조리 위세 좋게 지껄여댔다네. 그 사이 로테가 두 명의 부인 쪽으로 얘기를 돌려 겨우 제정신으로 돌아와 보니, 두 사람은 눈을 둥그렇게 뜨고, 마치 그곳에 없었던 것처럼 오도카니 앉아 있지 뭐겠나. 사촌은 몇 번인가 냉소적인 표정으로 나를 바라보고 있었지만, 그건 내가 상관할 바 아니지.

화제가 댄스의 즐거움으로 옮겨가자 로테는 이렇게 말했네.

「지나친 댄스 열기는 좋지 않을지 모르지만, 솔직히 말하면 댄스만큼 좋은 것도 없어요. 마음이 울적할 때 낡은 피아노 앞에 앉아서 대무곡이라도 치고 있으면 기분이 다시 좋아지거든요.」

이런 얘기를 하는 동안, 나는 그녀의 검은 눈동자에 빠져 있었다네. 생생한 입술, 건강하고 풋풋한 볼에 내 온 마음이 사로잡혀 버렸지. 로테의 말이 지니는 훌륭한 의미에 감동하느라, 그 입에 담은 말을 몇 번이나 놓쳐버렸는지.

이렇게 말하면 자네는 이해하겠지. 요컨대 마차가 무도회장 앞에 멈춰 섰을 때 나는 완전히 몽유병자가 되어 있었던 것이네. 큰 객실은 벌써 빛이 훤하고 감미로운 음악 소리가 밖으로 흘러나오고 있었지만, 그것조차 귀에 들어오지 않았지. 나는 꿈을 꾸는 듯한 기분으로 주위의 어스름 속에 녹아들어가고 있었던 거야.

아우드란 씨와 그리고 또 한 명, 뭐라고 하는 사람—이름 같은 것을 누가 일일이 기억하겠는가?—아우드란 씨는 로테 사촌의, 또 한 명은 로테의 파트너였는데, 그 두 사람이 마차의 문 앞까지 마중을 나왔다네. 그리고 각자 파트너를 데리고 갔지. 나도 내 상대와 함께 위로 올라갔어.

우리는 미뉴에트에 맞춰 빙글빙글 춤을 추기 시작했다네. 나는 다음에서 다음으로 상대를 바꾸어가며 춤을 추었는데, 달갑지 않은 상대일수록 마지막 인사를 나누고 싶어하지 않더군. 로테 커플은 영국 무도를 시작했지. 우리와 같은 열에 들어와서 춤을 추기 시작했기에 나는 은근히 기뻤다네. 그 마음을 자네도 알 거야. 로테가 춤추는 모습을 보여주고 싶군. 온 영혼을 담아 춤을 추는 여인. 그녀는 춤을 추는 것 외에는 아무것도 생각하지 않고 아무것도 느끼지 않는 모양이야. 춤을 추는 것이 전부인 듯, 실로 자유롭고 거리낌이 없다네. 몸 전체가 오로지 하나의 화음을 이루지. 춤을 추는 동안 로테의 머릿속에는 춤 외에 아무것도 존재하지 않아.

내가 그녀에게 두 번째 대무곡을 신청하자, 그녀는 세 번째 것까지 약속해주었지. 독일 무도를 아주 좋아한다는 그 말투가 어찌나 귀엽던지.

「이 고장에서는 한 조를 이룬 커플이 독일 왈츠 때 그대로 한 조가 되는 것이 관례예요. 저의 상대 분은 왈츠가 서투르니까, 당신이 대신 추어주신다면 기쁘겠어요. 당신의 파트너도 역시 잘 못 출 거예요. 왈츠를 싫어하죠. 하지만 당신은 영국 무도 때 잠깐 보니 왈츠를 아주 잘 추시더군요. 만

45

약 제 상대가 되어주실 거라면 제 파트너에게 그렇게 부탁해주시지 않겠어요? 저는 당신의 파트너에게 부탁할 테니까요.」

물론 좋다고 했지. 그리고 나는 로테의 파트너에게 내 파트너를 상대해달라고 부탁했다네.

드디어 시작되었다. 처음 잠시 동안은 팔을 엮어가며 재미있게 춤을 추었는데, 로테의 몸동작은 참으로 매력이 넘치고 경쾌했다네. 이윽고 왈츠가 흐르자 그녀는 천상의 별처럼 빙글빙글 돌기 시작했지. 정말 춤을 잘 추는 사람은 그렇게 많지 않아서 처음에는 조금 혼잡했지만, 우리는 솜씨 좋게 헤쳐나가며 주변이 정리되기를 기다렸지. 그렇게 해서 서투른 사람들이 물러난 후에 본격적으로 춤을 추기 시작했다네. 우리와 아우드란 커플만이 기운차게 춤을 추고 있었지. 아, 그렇게 날아갈 듯 춤을 춘 적은 한 번도 없었을 거야. 나는 이미 인간이 아니었네. 세상에서 가장 사랑스러운 여인을 안고, 주위 사람들이 모두 사라져버릴 때까지 마치 번개처럼 마루를 돌았어. 빌헬름, 확실하게 말하는데, 나는 그때 맹세했네. 내가 사랑하는 사람에겐 나 이외의 누구와도 왈츠를 추게 하지 않겠다고. 설사 그 때문에 내 몸이 파멸할지라도. 당연하지 않은가?

한숨 돌리기 위해 객실을 두세 바퀴 걸어서 돌다가 로테는 의자에 앉았지. 내가 따로 남겨둔 오렌지가 큰 도움이 되었어. 이제 그것밖에 남아 있지 않았거든. 하지만 그마저 로 테는 옆 자리의 염치없는 여자에게 인사치레로 한 조각 한 조각 나누어주고 말아 가슴이 미어지는 것 같았다네.

이어지는 영국 무도에서 우리는 두 번째 조가 되었네. 내가 춤을 추며 앞으로 나아가는 몽롱한 상태에서, 순수한 즐거움을 유감없이 드러내는 로테의 눈과 팔에 황홀해하고 있을 때, 한 부인이 다가오더군. 그렇게 젊지는 않지만 표정이 좋아 눈에 띄는 사람이었지. 그녀는 스쳐 지나가면서 웃는 얼굴로 로테를 노려보며, 야단치듯이 검지를 세우고는 알베르트라는 이름을 두 번이나 의미심장하게 말했다네.

「실례지만, 알베르트가 누굽니까?」

로테가 대답을 하려 했을 때, 공교롭게도 큰 8 자를 그려야 했기 때문에 서로 떨어지게 되었는데, 우리가 스쳐 지나갈 때 로테의 이마에 어렴풋이 그늘이 드리워지는 느낌이 들었다네.

행진을 위해 로테는 나에게 손을 내밀며 이렇게 말하더군.

「뭘 숨기겠어요. 저의 약혼자죠. 성실한 분이에요.」

별로 새로울 것이 없는 이야기였지. 여기에 오는 도중, 두 여자로부터 들었으니까. 그러나 이렇게 짧은 시간에, 이렇게 사랑스러운 느낌을 주는 로테라는 여인과 그것을 관련하여 생각하지는 않았기 때문에 역시 놀라지 않을 수 없었어. 순간 나는 머리가 뒤죽박죽 혼란스러워 뭐가 뭔지 알 수 없게 됐고, 그만 다른 조에 섞여 들어가 춤이 흐트러지고 말았네. 하지만 로테가 찬찬히 리드해주었기 때문에 곧 원상태로 되돌아갈 수 있었지.

 춤이 미처 끝나기도 전에 번개는 점점 강해졌고, 천둥의 괴성에 음악 소리는 자취를 감추었다네. 이미 오래전부터 번개가 지평선에서 번쩍거리고 있었지만, 나는 대수롭지 않은 것이라고 얼버무리고 있었지. 세 명의 부인이 열에서 빠져나가자 각각의 파트너가 그 뒤를 쫓았다네. 장내가 술렁이기 시작하면서 음악도 멈춰버렸지. 무언가 한창 즐거운 일을 하고 있을 때에 불행이라든지 무서운 일이 갑자기 들이닥치면, 그렇지 않은 경우보다 훨씬 더 강렬한 인상을 받기 마련이지. 대조가 확실하니까. 그러나 한편으론 우리의 감각이 바로 그 전까지 민감하게 열려 있던 탓에 그만큼 한층 더 신속하게 충격을 받아들이기 때문이기도 할 거야. 부인들은 갑자기 오만상을 찡그렸는데, 이것도 바로 그런 이유에서일 걸세. 제일 행동이 빠른 사람은 구석으로 가서 창가에 등을 돌리고 귀를 막았다네. 그 앞에는 무릎을 꿇고, 상대의 무릎에 얼굴을 파묻는 사람이 있었지. 거기에 또 한 사람이 사이를 파고들어와 울면서 둘을 얼싸안았고, 집으로 돌아가려고 하는 사람도 있었네. 또 개중에는 너무 당황한 나머지, 소란한 틈을 타서 키스를 해달라는 염치없는 신사 양반을 피하지 못해 쩔쩔매는 여자도 있었어. 잔뜩 겁을 집어먹은 사랑스런 입술이 하늘에 바치는 조급한 기도를 키스로 막으려고 하는 엉큼한 남자들의 분주한 모습. 어떤 남자는 천천히 담배나 한 대 피우려고 아래로 내려갔지. 그때 이 무도회장의 여주인이 좋은 생각을 해냈다네. 쇠살문과 커튼이 있는 방으로 안내하겠다고 했지. 사람들은 이견 없이 모두 찬성했어. 방 안으로 들어가자 로테는 의자를 둥글게 놓더니, 모두를 자리에 앉게 한 후, 게임을 하자고 제안을 했네.

주위를 둘러보니, 약삭빠른 무리는 벌써부터 벌칙을 키스로 하자며 입술을 삐죽 내밀고 단단히 기대하고 있더군. 하지만 로테의 제안은 숫자 세기 게임이었다네.

「자, 잘 들으세요. 제가 오른쪽에서 왼쪽으로 빙글빙글 돌 테니까, 모두들 순서대로 자신에게 해당되는 수를 말하세요. 우물쭈물해서는 안 돼요. 도화선에 불을 댕기듯 해야 합니다. 막힌다든지 틀린다든지 하는 분은 뺨을 맞는 거예요. 그렇게 해서 천까지 세어봅시다.」

그리고 볼 만한 광경이 벌어졌다네. 로테는 한쪽 팔을 들어 빙글빙글 돌기 시작했어. 첫번째 사람이 「하나」 하고 외치면 그 옆이 「둘」, 다음이 「셋」, 이런 식으로 하는 것이었지. 그러는 사이 속도는 점차 빨라져서 틀리는 사람이 나오고, 그러면 뺨을 찰싹 맞는다네. 그 모습에 다들 크게 웃다가 그 다음이 또 숫자를 틀려서 찰싹. 이렇게 속도는 점점 빨라져 갔어. 나도 두 번 맞았지만, 다른 사람들보다 더 아픈 것 같아 오히려 기뻤다네. 웃고 떠들고 와자지껄하는 동안 천까지 세기도 전에 게임은 끝이 났지. 우레는 지나가고 사람들은 끼리끼리 뭉쳐 흩어졌어. 나는 로테를 따라 큰 객실로 돌아갔지. 가는 도중 그녀는 이렇게 말했다네.

「그 놀이로 모두가 천둥 따윈 깨끗이 잊어버리게 되었어요.」

나는 말이 나오지 않았어.

「저도 상당히 겁쟁인데, 다른 분들에게 용기를 주려고 대담한 척하다 보니, 저절로 용기가 생기더라고요.」

우리는 창가로 다가갔다네. 천둥소리는 저 멀리 사라지고, 시원스런 빗줄기가 기분 좋게 후드득후드득 지면을 때리고 있었지. 상쾌한 향기가 따뜻한 대기와 섞여 창 위로 피어오르고……. 로테는 창문턱에 팔꿈치를 괴고 밖을 내다보고 있었네. 하늘을 보고, 나를 봤지. 눈에는 눈물이 가득 고인 채로. 그녀는 내 손등에 손을 얹고, 「클롭슈토크(역주 : 1724~1803. 독일 근대문학의 대가)!」 하고 외쳤다네. 나는 곧 로테가 머리에 떠올린 클롭슈토크의 멋진 송가를 생각해내고, 이 외침과 함께 로테가 내게 쏟아부은 무수한 감정의 흐름에 몸을 던졌어. 그러고는 흥분을 억누를 길이 없어 몸을 구부려 환희의 눈물과 함께 키스를 했지. 나는 다시 그녀의 눈을 보았다네. 고귀하고 존엄한 클롭슈토크여, 당신이 이 눈길 속에 깃든 당신을 향한 우러름을 볼 수 있다면! 나는 이제 로테가 아닌 다른 사람들이 입에 올림으로써 당신의 이름을 더럽히는 것을 듣고 싶지 않습니다.

6월 19일

요전에는 어디까지 썼는지 기억이 안 나는군. 편지를 다 쓰고 잠자리에 든 것은 확실히 두 시였는데. 만약 자네를 눈 앞에 두고 얘기했다면 틀림없이 아침까지 뜬눈으로 지새웠을 걸세.

무도회에서 돌아오는 길에 일어난 일은 아직 쓰지 않았는데, 오늘도 그것을 얘기하기에 어울리는 날은 아닌 것 같군.

장엄한 일출, 이슬이 떨어지는 숲, 그리고 소생한 듯한 들판. 함께 있는 여자들은 끄덕끄덕 졸고 있었어.

「졸리지 않으세요? 신경 쓰지 마시고 편하실 대로 하세요」라고 로테는 내게 눈을 붙일 것을 권했지.

「당신이 눈을 뜨고 계시는 한 저는 전혀 졸리지 않습니다.」

나는 이렇게 대답하고 로테를 바라보았다네. 우리 두 사람은 그대로 로테의 집 문 앞에 이르렀어. 살짝 문을 열어주는 하녀에게 「아버지하고 동생들은?」 하고 로테가 물으니 「아직 모두 주무세요」라고 대답하더군. 나는 조만간 다시 만나고 싶다고 부탁하고 작별 인사를 한 뒤 나왔지. 다행히 로테가 청을 들어주어서 지금 막 나갔다 온 참이네. 아, 그때부터 태양이고 별이고 나에게는 아무런 상관이 없는 것이 되어버렸어. 낮이란 것도 밤이란 것도 있는 듯 없는 듯, 전 세계가 내 주위에서 사라져간다.

나는 하늘이 이 땅의 성자를 위해 간직해두었을 법한 행복한 나날을 보내고 있다네. 이 앞길이 어떠하든 나는 인생의 가장 깨끗한 기쁨을 맛보고 있는 중이지. 자네, 그 발하임이란 곳을 알고 있지? 나는 그곳에 흠뻑 정이 들었다네. 그곳에서는 로테가 사는 곳까지 반 시간이면 갈 수 있고, 그곳에 있으면 나는 나 자신을, 그리고 인간에게 주어지는 온갖 행복을 느낄 수 있지.

    발하임을 나의 산책로로 잡았을 때, 설마 거기가 이렇게까지 천국과 가까운 곳일 줄은 생각도 못했다네. 내 모든 소망이 그 별장에 숨겨져 있어. 긴 산책 길 도중, 때로는 산 위에서, 때로는 강 건너 평지에서 아, 몇 번이나 바라보고 또 바라보았던가!

    빌헬름, 나는 여러 가지를 생각해보았다네. 자신을 넓히고 새로운 발견을 하기 위해 먼 곳을 방황하는 인간의 욕구라든지, 또 스스로 자신을 제한하여 이리저리 헤매지 않고 예부터 사람들이 잘 다니는 통로를 선택해서 가려는 마음속의 충동과 같은 것을.

    이상도 하지. 내가 이 고장의 언덕에서 아름다운 골짜기를 바라보고, 나를 둘러싼 주위의 경치를 감상하노라면 '저쪽에는 작은 숲이 있군. 저 숲의 나무 그늘 속으로 들어가봤으면', '저쪽에 산꼭대기가 있군. 저기에 서서 넓디넓은 들판을 바라볼 수 있다면', '물결처럼 굽이치는 언덕과 부드러운 계곡. 아아, 저 속에 함께 섞여 들어갈 수 있었으면' 하는 생각이 드는 것이야. 그럼 나는 서둘러 가보곤 곧 돌아온다네. 원하던 것을 발견하지 못했기 때문이지. 미래라고 하는 것도 먼 곳과 무슨 차이가 있을까? 두둥실 떠다니는 커다란 존재가 우리 영혼 앞에 가로누워, 우리의 감정은 우리의 눈과 마찬가지로 그 속으로 빨려 들어가게 돼. 정말 우리는 우리의 영혼을 다 바쳐서, 단지 하나의 장려한 정감의 환희로써 자신을 채우려고 동경하고 있는 것이다. 그런데 서둘러 가보면 피안은 차안이 되어버리고, 모든 것은 원 상태로 돌아가지. 우리는 변함없이 궁상맞고 좁은 울타리에 갇힌 채, 도망가 버린 행복을 찾아 덧없이 헤매는 영혼의 거친 숨결만을 듣는 것이라네.

이러니 아무리 엉덩이가 가벼운 방랑자일지라도 결국에는 자신이 태어난 고향, 자신의 오두막으로 돌아가 아내와 자식들에 둘러싸여, 그들을 부양하는 삶 속에서 넓은 세계가 줄 수 없었던 기쁨을 발견하는 것이지.

나는 해가 솟아오르면 발하임으로 나가 음식점 뜰에서 직접 콩을 따서는 의자에 걸터앉아 껍질을 벗기면서 호메로스를 읽기도 하고, 부엌에 있는 항아리에서 퍼낸 버터를 콩과 함께 불에 얹은 후 그 옆에 쭈그리고 앉아 가끔씩 흔들어 섞곤 한다네. 그럴 때면 페넬로페(역주 : 오디세우스의 아내. 남편이 집을 비운 사이 치근대며 접근하는 남자들을 완강히 거절하였음)의 혈기왕성한 구애자들이 소나 돼지를 잡아 잘게 토막내어 불에 굽는 정경이 눈앞에 펼쳐진다네. 고대인의 삶처럼 내 마음을 조용하고 진실하게 만들어주는 것은 없지. 고맙게도 나는 현재 아무 꾸밈없이 그 시대의 삶의 자취를 내 생활 속에서 엮어가고 있다네.

기분이 좋아. 직접 키운 양배추를 식탁 위에 올리고, 뿐만 아니라 그것을 심은 아름다운 아침, 저녁때 물을 주는 즐거움, 자라나는 것을 지켜보는 하루하루의 기쁨, 그러한 모든 것을 일순간에 맛보는 인간의 단순함 속에서 무구한 환희를 한껏 누릴 수 있으니.

6월 29일

그저께 마을에서 의사가 로테의 집에 찾아왔다네. 나는 마당에서 로테의 동생들에게 둘러싸여 놀고 있었지. 아이들은 내 위에 기어오르기도 하고 나를 놀리기도 하고, 나 역시 아이들을 간질이면서 한데 섞여 소리를 지르는 등 대소란이었지. 의사 선생은 무뚝뚝하고 말수가 적은 사람으로 얘기하는 내내 커프스의 접힌 선을 고치거나, 옷깃 장식을 조끼 사이에서 잡아 끌어내고 있더군. 내 모습을 보고 신사의 체면이 말이 아니라고 생각한 모양이야. 얼굴 표정을 보고 알

앉지. 나는 속으로 무슨 상관이냐며 무시해버리고, 아이들이 쓰러뜨린 카드 집을 다시 고쳐 세워주었다네. 그 후, 이 사람이 마을에 온통 소문을 퍼뜨리고 다닌 것 같더군. 그 집 아이들은 원래 버릇이 나빴는데, 베르테르 덕분에 한층 더 심해졌다고 말이야.

이 세상에서 아이들만큼 내 마음에 가까운 것은 없네. 안 그런가, 빌헬름? 아이들의 모습을 보고 있으면, 훗날 세상을 살아가는 데 없어서는 안 될 여러 가지 미덕이나 재능을 발견하게 되지. 그 옹고집 속에서 불투명한 미래에 동하지 않는 견고함을 엿볼 수 있으며, 장난기 속에서는 세상의 세파를 이겨나가는 데 필요한 믿음직스런 유머와 경묘함을 발견할 수 있어. 하나에서부터 열까지 실로 맑고 순수한 그들을 볼 때 나는 인류의 스승(역주 : 예수그리스도를 지칭)이 남긴 금언을 언제든 되풀이하지 않을 수 없다네.

「너희가 이 아이와 같지 않으면.」

그리고 말이지 친구, 아이들이 우리와 다를 게 무언가? 오히려 우리의 본보기로서 우러러봐야 할 것을 우리는 내려다보고 있는 거야. 아이들을 의지를 가진 존재로 취급하려 하지 않지. 그렇다면 아이들에게는 의지가 없다는 것인가? 도대체 그런 말을 할 권리가 누구에게 있는가? 우리가 나이를 더 먹었으니까, 더 영리하니까라고 한다면 그건 영락없는 비웃음 감이지. 하늘에 계신 아버지의 눈으로 본다면, 단지 큰 아이와 작은 아이가 있을 뿐, 그 외에는 아무것도 없네. 그 어느 쪽이 더 신의 마음에 드는가는 오랜 옛날에 이미 확실해지지 않았는가. 이상하게도 모두 신을 믿고 있으면서 그 말을 들으려고는 하지 않아. —이것도 새삼스러운 일은 아니지만— 그리고 아이들을 자신의 척도에 맞춰 교육하고, 또—아아, 그만두세, 빌헬름. 이제 더는 쓸데없는 말을 하고 싶지 않아.

7월 1일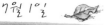

병상에서 나날이 쇠약해져 가는 많은 환자보다 훨씬 더 고통스러운 나의 가련한 마음은, 로테가 병자에게 있어서 얼마나 고마운 존재인가를 잘 알게 해주지. 로테는 2, 3일간 병상에 누운 마을의 어떤 부인 곁에서 지내게 되었다네. 그 부인은 의사들이 말하길 그리 오래가지 못할 거라고 해. 그래서 로테가 임종 때까지 곁에서 돌봐주었으면 하는 것이지.

나는 지난주 로테와 성 ×× 마을의 목사님을 찾아갔다네. 한 시간 정도 옆길로 쑥 들어간 산속 마을에 네 시가 다 되어 도착했어. 로테는 둘째 여동생을 데리고 갔지. 두 그루의 커다란 호두나무로 뒤덮인 목사관 뜰에 들어서니, 주름이 깊게 팬 나이 든 목사가 현관 앞의 벤치에 앉아 있더군. 그는 로테의 모습을 발견하고는 금세 희색이 만연하여 옹이

박힌 지팡이도 잡지 않고 로테를 맞으려 일어나는 것이야. 로테는 가까이 달려가 그를 다시 벤치에 앉게 하고, 자신도 그 옆에 걸터앉아 아버지의 안부를 전한 다음, 나이 들어 생긴 막내라는 꾀죄죄한 아이를 안아주었다네. 노인의 말벗을 해주는 로테를 자네에게 보여주고 싶군. 이미 반쯤 귀가 먹은 할아버지에게 잘 들리도록 소리 높여 차근차근 말을 건넸지. 갑자기 세상을 등진 건장한 청년들 일이며, 카를스바트의 온천이 효험이 있다는 얘기를 하면서, 내년 여름에는 그곳에 가보려고 한다는 노인의 결심을 칭찬하기도 하고, 요전에 만났을 때보다도 훨씬 건강하고 기운 있어 보인다고 격려하기도 했어. 나는 그동안 목사 부인을 상대하고 있었다네. 노인은 대단히 기분이 좋아 보였지. 내가 잠자코 있기 뭐해서 호두나무가 훌륭하다고 칭찬을 하니, 좀 힘들어 보이기는 했지만 호두나무의 내력을 얘기해주더군. 실제로 그 나뭇잎 그늘은 기분을 아주 좋게 해주었다네.

「오래된 것은 누가 심었는지 몰라. 아무개다, 아무개다 하고 말들은 많지만 말이야. 저쪽 뒤편에 있는 것은 우리 집사람과 같은 나이니까, 올 10월에 쉰 살이 되는군. 장인어른이 저 나무를 심은 것이 아침이고, 그날 밤에 집사람이 태어났지. 장인어른은 바로 내 전임 목사라네. 다른 무엇보다도 이 나무를 아끼셨어. 그건 나도 마찬가지지만. 27년 전, 가난한 대학생의 몸으로 처음 이 집을 찾았을 때, 지금 내 마누라가 저 나무 밑 울타리에 걸터앉아 뜨개질을 하고 있었지.」

　로테가 따님은 어디 갔느냐고 묻자, 슈미트라는 사람과 같이 목장 일꾼들이 있는 곳으로 나갔다고 하더군. 노인은 다시 옛날 이야기를 이어가기 시작했지. 자신은 이곳의 가족들에게 사랑을 받아, 후에 부목사가 되고, 결국 후임자가 되었다고 해. 얘기가 끝나고 얼마 후, 목사의 딸이 슈미트라는 사람과 같이 집으로 돌아와 로테와 정겨운 인사를 나누었는데, 괜찮은 여자인 것 같았다네. 다부진 체격에 갈색 머리를 한 그녀는 성격이 밝아, 이런 여자라면 잠시 시골에서 함께 생활해보는 것도 나쁘지 않겠다고 생각했지. 그 애인은 말이 별로 없고 조용한 사람(이는 슈미트 씨의 태도에서 한눈에 알 수 있었다)으로, 로테가 대화에 끌어들이려고 해도 좀처럼 섞이려 하지 않더군. 내가 기분 나빴던 것은, 그 사람의 표정에서 짐작은 했지만, 이 남자가 대화에 끼려고 하지 않는 것은 할 말이 없어서가 아니라, 기분이 언짢고 옹졸하기 때문이라는 것에 있었어. 조금 지나자 그것은 더욱 확연해졌다네. 산책을 할 때 프리데리케는 로테와 함께 가기도 하고, 때로는 나와 어깨를 나란히 하고 거닐기도 했는데, 그러자 본래 거무스름한 슈미트 씨의 얼굴이 더욱 어두워지는 거야. 로테가 내 소매를 잡아끌며 프리데리케와 너무 다정하게 얘기하지 말라고 눈짓을 할 정도였다네. 인간이 서로를 괴롭히는 것만큼 바보스런 짓이 어디 있겠나? 특히 젊은

이들, 그들은 온갖 기쁨을 가장 거리낌 없이 받아들일 수 있는 인생의 봄날에, 모처럼의 즐거움을 이틀이고 사흘이고 계속 찡그린 얼굴로 엉망을 만들어. 그리고 한참 지난 후에야 바보짓을 했다고 비로소 후회를 하니 실로 어리석기 짝이 없는 노릇이지. 나는 이러한 생각을 품고 있었기 때문에, 저녁 무렵 목사관으로 돌아와 식탁에서 우유를 마실 때, 얘기의 방향이 이 세상의 기쁨이나 슬픔에 관한 것으로 향하게 되자, 이거 좋은 기회다 싶어 불쾌해하는 감정을 신랄하게 공격하기 시작했다네.

「우리 인간들은 흔히 좋은 날보다 나쁜 날이 많다고 불평을 하지만, 제 생각에 그것은 대체로 잘못된 것 같아요. 만약 우리가 매일 매일 신이 내려 주시는 좋은 일을 맛볼 만한 솔직한 마음을 갖는다면, 가령 나쁜 일이 있어도 그것을 견딜 힘을 가질 수 있을 겁니다」하니, 목사 부인은 이것에 대해서 「하지만 우리는 자신의 마음을 스스로 조절하기가 무척 힘들어요. 몸의 상태가 영향을 많이 미치니까요. 건강이 좋지 않으면 어떤 일에 대해서도 짜증이 나고 말지요」하더군. 그건 그렇다고 나는 부인의 말에 수긍했다네.

「그렇다면 그것을 병이라 생각하고, 그것을 치유할 수 있는 약을 찾아보는 것은 어떻습니까?」

「좋은 생각이에요」하고 로테가 끼어들었어.

「저는 모든 일은 마음먹기에 달려 있다고 생각해요. 현재 저 자신이 그렇거든요. 기분이 언짢고 짜증이 날 때는 훌훌 떨치고 일어나 마당으로 나가죠. 여기저기 거닐면서 대무곡을 두세 곡 불러보는 거예요. 그렇게 하면 곧 기분이 좋아진답니다.」

「제가 말하려던 게 바로 그것입니다. 불쾌감이란 것은 게으름과 꼭 같은 것입니다. 일종의 태만이죠. 우리는 자칫 그것에 기울어지기 쉽지만, 일단 다시 일으켜 세울 힘을 갖고 있다면 일은 의외로 쉽게 풀리고 즐겁게 활동할 수 있는 겁니다.」

나는 말했지.

프리데리케는 열심히 듣고 있었다네. 그러나 슈미트 씨는 자신의 힘으로 자신을 자유롭게 할 수는 없다, 적어도 감정이라는 것은 그렇다며 내 의견에 반대하더군. —나는 대답했네. 「문제는 불쾌한 감정인데, 이것은 누구에게도 고마운 일이 아니지요. 게다가 자신의 힘이란 그것을 시험해보기 전까지는 어느 정도인지 아무도 알 수 없습니다. 병이 나면 여러 의사를 찾아 뛰어다니면서 어떻게 해서든 건강해지려고 아무리 괴로운 절제, 아무리 쓴 약이라도 참고 견디지 않습니까?」

가는귀 먹은 늙은 목사도 우리의 논쟁에 귀를 쫑긋 세우고 있었기 때문에, 나는 그쪽을 향해 소리를 높였지.

「많은 악덕에 대해서는 설교를 들어봤지만, 나는 아직 불쾌한 감정을 훈계하는 설교는 들어본 적이 없습니다.(원주 : 현재는 이것에 관한 라바터의 뛰어난 설교가 있다. 그중에서도 〈요나서〉에 관한 것)」

그러자 노인이 말했다네.

「그것은 시내 교회 목사의 몫일 거요. 농부들은 불쾌할 일이 별로 없으니까. 하지만 때로는 필요하기도 할 게야. 내 마누라나 로테 양의 아버지한테는 말이지.」

모두 웃음을 터뜨렸다네. 본인도 꽤 재미있다는 듯 껄껄 웃었지만 이내 기침이 터져나와 대화는 중단되었지. 잠시 후 청년이 다시 얘기를 시작했어.

「당신은 불쾌감이 악덕인 양 말하는데, 그것은 지나친 표현이 아닐까요?」

「천만의 말씀. 자신이나 다른 사람에게 상처를 입히는 것이 어째서 악덕이 아닙니까? 서로 행복하게 해줄 수 없는 것만으로도 모자라 각자가 자신에게 부여할 수 있는 즐거움마저도 서로 빼앗지 못해 안달해야 한다는 겁니까? 언짢은 마음을 드러냄으로써 말이죠. 혹여 주위 사람들의 기쁨에 해를 끼치지 않도록 그것을 자신의 가슴속 깊이 묻어두는, 그런 우러러볼 만한 사람이 있다면 말씀해주시지요. 이 불쾌감이라는 것은 사실 우리 자신의 어리석음에 대한 은밀한 불쾌, 즉 우리 자신에 대한 불만이 아닐까요? 또 이 불만은 언제나 바보 같은 허영심이 부추기는 질투심과 함께하는 것이죠. 행복한 인간이 있다, 그런데 내가 행복하게 해준 것이 아니다. 그러한 경우에 참을 수 없게 되는 것이 아닙니까?」

내가 너무 열을 내어 말하니, 로테가 보고 미소를 짓더군. 프리데리케의 눈에는 눈물이 고여 있었다네. 그것을 보고 나는 다시 힘을 얻어 얘기를 계속했지.

「사람의 마음을 좌우하는 힘이 있다고 해서 가슴속에 솟아오르는 소박한 기쁨을 빼앗아버리는 그런 인간은 용서할 수 없습니다. 이 세상의 어떤 선물이나 어떤 친절도, 지금 말한 폭군의 질투심 섞인 불쾌감으로 인해 망가진 자기만족의 순간을 보상할 길은 없는 것입니다.」

 이 순간 가슴이 벅차오르고, 여러 기억이 한꺼번에 밀려와서 눈물이 솟구쳤다네.

「매일 자신을 향해 이렇게 말할 수 있는 사람은 없을까요? '너는 친구들에게 아무것도 해줄 수 없다. 친구들의 즐거움을 방해하지 않고, 친구들과 어울려 즐기는 것으로 그 행복을 더해주는 것 이외에는. 너는 친구의 마음이 애절한 정열로 인해 고통받고 고민에 흔들리고 있을 때, 한 방울의 진정제라도 줄 수 있는가? 너 때문에 꽃다운 청춘을 망친 그 소녀는 아주 몹쓸 병에 걸려 온몸이 바싹 야윈 채, 텅 빈 눈으로 하늘을 바라보고, 창백한 이마에는 마지막 식은땀이 송골송골 맺혀 있다. 너는 마치 저주받은 자처럼 그 죽음의 병상 앞에 오도카니 서서, 이미 무슨 짓을 해도 소용없다는 것을 절실히 느끼면서도, 이 죽어가는 사람에게 한 방울의 강장제, 한 조각의 용기를 불어넣어 줄 수 있다면 모든 것을 바쳐도 좋다고 불안과 초조 속에 몸부림친다. 자, 그러한 때에 너는 과연 무엇을 할 수 있는가?」

이렇게 말하고 있으니 예전에 내가 마주친 하나의 정경이 물밀듯이 밀려와, 나는 더 이상 견딜 수 없어 손수건으로 얼굴을 가리고 그 자리를 뛰쳐나왔다네. 「돌아가요」 하고 로테가 말을 걸어서, 겨우 제정신을 차릴 수 있었지. 돌아오는 길에, 내가 그런 식으로 무슨 일에도 지나치게 열을 내면 몸을 망치게 될 테니 제발 자중하라고 로테에게 한 소리 들었다네. ―아아, 로테여, 당신을 위해서 나는 살지 않으면 안 됩니다.

7월 6일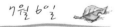

로테는 변함없이 지난번 그 위독한 부인을 간병하고 있다네. 늘 상냥하고 흔들림이 없어서, 그 눈을 바라보면 괴로움도 완화되고 행복한 기분이 들게 되지. 어제저녁, 로테는 마리안네와 어린 말겐을 데리고 산책하러 나갔어. 나는 그것을 알고 있었기 때문에, 길에서 만나 같이 걸었다네. 한 시간 반쯤 걷다가 마을 쪽으로 다시 돌아가, 내가 아주 좋아했고 지금은 전보다 더 좋아하는 샘터가 있는 곳으로 갔지. 로테는 샘터의 낮은 담에 걸터앉고 우리는 그 앞에 섰다네. 주위를 둘러보니, 내가 홀로 외로워했던 바로 얼마 전의 일이 생생하게 떠오르더군. ─나는 마음속으로 이렇게 말했어. '사랑하는 샘물이여, 그 후로 너의 상큼한 냉기를 쐬려 이곳에서 발을 쉰 적은 없지. 항상 바쁜 걸음으로 지나치면서 뒤돌아보지도 않았고.' ─나는 로테를 바라보았다. 그리고 로테라는 여인이 나에게 있어서 얼마나 소중한지를 곰곰이 생각해보았지. 그 사이에 말겐이 컵을 갖고 왔는데, 마리안네가 그것을 잡으려 하자 「싫어」 하고 톡 쏘더군.

「로테 언니가 제일 먼저야.」

그렇게 말하는 말겐의 진지함과 깜찍함에 그만 참을 수가 없어, 나는 갑자기 말겐을 안아 올려 쪽 소리가 나도록 뽀뽀를 해주었다네. 그러자 말겐이 큰 소리를 내며 울음을 터뜨리지 뭔가. ─로테가 이걸 보고 「어머 당신, 그러면 안 돼요」 하는 바람에 나는 무안해지고 말았지. ─「자, 여기 깨끗한 물로 얼른 닦아. 빨리. 그렇게 하면 아무렇지도 않아.」─내가 옆에 서서 지켜보고 있으니, 아이는 손을 적셔서 아주 대단한 기세로 볼을 문지르는 거야. 어떤 더러움도 샘물로 닦아내면 깨끗해질 수 있다, 이렇게 하면 징그러운 수염이 나지 않는다고 믿고 있는 것이지. 「이제 괜찮아」 하고 로테가 말을 해도, 조금 하는 것보다 많이 해야 더 효력이 있기라도 한 듯이, 계속해서 열심히 닦더군. 빌헬름, 나는 이처럼 커다란 경외심을 갖고 세례에 임한 적이 없다네. 로테가 다시

위로 올라왔을 때, 나는 로테 앞에 넓죽 엎드리고 싶은 심정이었어. 로테는 한 죄인의 죄과를 씻어준 예언자와도 같은 모습이었지.

이 일을 누구에겐가 말하고 싶어, 나는 저녁때 어떤 남자에게 바로 얘기를 했다네. 하지만 분별 있는 사람이라고 생각한 내 짐작이 빗나갔어. 로테의 방식은 하나도 재미가 없다는 말씀. 「아이에게 거짓을 진짜처럼 여기게 해서는 안 된다, 그러한 것이 많은 오류나 미신의 원인이 되므로 우리 어른들은 아이가 그런 생각을 갖지 않도록 일찍부터 가르치지 않으면 안 된다」라고 하지 뭔가. 그때 생각이 나더군. 이 사람은 바로 일주일쯤 전에 세례를 받았지. 그래서 나는 아무 말도 하지 않고 가만히 있었지만, 마음속으로는 진리에 충실할 것이라고 맹세를 했다네. 말하자면 이러한 것이지. 우리는 신이 우리를 대하듯이 아이를 대하지 않으면 안 된다. 우리가 즐거운 착각 속에 도취되어 거닐 때, 그때야말로 신이 우리를 가장 행복하게 해주는 순간이다.

7월 8일

어린애야, 나는. 어째서 이다지도 애타게 그 눈동자를 그리는 것인지. 정말 영락없는 어린애가 아니고 뭔가. —발하임에 갔었다네. 부인들은 마차를 타고 갔지. 산책을 하는 동안 나는 로테의 검은 눈동자 속에 ─ 그 눈동자를 자네에게 보여줄 수 있다면 ─ 바보 같으니! 날 용서해주기 바라네.(이제 졸려서 눈이 감길 것 같군) 여자들은 모두 마차에 올라타고 주위에는 젊은 W와 젤슈타트, 아우드란, 그리고 내가 서 있었네. 모두 경쾌하고 명랑한 사람들이어서, 마차의 안팎에서 재잘대며 얘기를 나누었지. ─ 나는 로테의 눈을 찾았다네. 그런데 로테는 이 사람 저 사람에게 시선을 돌리면서도 나를 보아주지는 않았어. 나를, 포기하고 풀이 죽어 서 있는 이 나를 말이야. ─ 나는 마음속으로 수천 번도 더 잘 가라고 말했다네. 그래도 내 쪽을 보아주지 않더군. 마차는 움직이기 시작하고 내 눈에는 눈물이 고였지. 나는 로테를 배웅했다. 그러자 장식을 단 로테의 머리가 마차 밖으로 빠져나와 이쪽을 돌아보는 것이 아닌가! 아아, 그러나 그녀가 나를 보려고 한 것일까? ─ 빌헬름, 모르겠네. 모르는 것이 차라리 위로가 되는군. 아마 내 쪽을 돌아본 거였을 거야. 아마…… ─ 잘 자게. 정말 나는 어린애다.

7월 10일

사람들이 모인 곳에서 로테의 얘기가 나올 때면, 내가 얼마나 바보스런 짓을 하는지 볼만하다네. 그런데 「로테 어때요?」라고 나에게 묻는 사람이 있으니 기가 찰 노릇이야. 「어때요」라니. 나는 이 말이 끔찍이도 싫다. 로테를 마음에 들어하지 않고, 로테로 인해 온 영혼이 충족되지 않는 사람이 도대체 있기나 할까? 어때요! 요전에는 오시안(역주 : 남아일랜드 지방 전설 속의 시인. 앞을 볼 수 없는 노시인이라 여겨짐)은 어떠냐고 묻는 사람이 있더군.

7월 11일

　M 부인의 상태가 아주 좋지 않다네. 어떻게든 기운을 차렸으면 하고 기원하고 있어. 나는 로테와 괴로움을 함께 나누고 있으니까. 그 부인 집에서는 좀처럼 로테를 만나는 일이 없는데, 오늘은 로테에게서 재미있는 얘기를 들었다네. ─남편인 M이라는 노인은 욕심이 많고 세상에 둘도 없는 노랑이라, 지금까지 금전 문제로 부인을 꽤 고생시킨 모양이야. 그래도 부인은 어찌됐건 참고 견디며 살림을 꾸려오고 있었던 것이지. 그런데 2, 3일 전 거의 가망이 없다는 사실을 알자, 부인은 남편을 침대 머리맡으로 불러 이런 얘기를 했다고 하네. ─로테도 동석하고 있었지.
　「그냥 입 다물고 있으면 내가 저 세상으로 떠난 후, 좋지 않은 싸움이 일어날지도 모르니까 모든 걸 다 밝히겠어요. 나는 지금까지 될 수 있는 대로 착실하고 알뜰하게 살림을 꾸려왔어요. 그런데 미안하지만 이 30년간 숨겨온 사실이 하나 있답니다. 내가 처음 당신한테 시집왔을 때, 부엌살림이나 그 외 집안 살림을 해나가는데 당신이 정해준 금액은 정말 쥐꼬리만 한 것이었지요. 그 후 살림 규모가 커지고 가게가 확장되어도, 그에 따라 다달이 드는 돈을 늘려주지 않았어요. 말하지 않아도 알고 있겠지만, 제일 살림이 커졌을 때도 일주일에 7굴덴으로 꾸려나가라고 했지요. 그래서 나는 아무 소리 없이 분부에 따르면서 모자란 부분은 장부에서 몰래 끌어 썼답니다. 설마 내가 그런 짓을 할 줄은 아무도 몰랐을 거예요. 하지만 나는 단 한 푼도 낭비를 하지 않았으니까, 지금 털어놓지 않고 그대로 눈을 감아도 꺼림칙할 건 전혀 없어요. 다만 이렇게 밝히는 건 내가 세상을 뜬 후에 살림을 책임지게 될 사람이 어떻게 꾸려나가야 할지 몰라 당황할 것 같아서요. 게다가 당신이 전처는 그것으로도 잘해냈다 어쨌다 하며 고집을 부리면 그 사람이 불쌍하니까요.」

생활비가 이전의 두 배는 들었을 텐데도 7굴덴으로 충분했다면, 무언가 거기에 이유가 있지 않을까 정도는 짐작을 할 만한데, 인간의 마음은 때로 믿을 수 없을 만큼 둔감해지는 것이라고 로테와 얘기를 나누었다네. 하긴 자기 집에 예언자의 기름병(역주 : 예언자 엘리야가 사르밧의 과부의 집에 갔을 때, 그 집의 기름병에는 기름이 줄지 않았음. 〈구약성경〉)이라도 숨겨놓은 줄 아는 사람들도 있으니까.

그래, 착각한 것이 아니야. 나는 그 검은 눈동자 속에서 나와 내 운명에 대한 진정한 관심을 읽을 수가 있었어. 아니, 내가—이 점, 나는 내 마음을 믿어도 좋다고 생각하지만 그녀가—이런 식으로 말해도 괜찮을까? 이런 식으로 말할 수 있을까?—나를 사랑하고 있다는 걸 느낄 수 있다네.

나를 사랑한다.—그리고 내가 나 자신에게 있어서 얼마나 소중한 존재가 되었는지—자네에게는 이렇게 말해도 괜찮겠지. 이런 것을 이해할 수 있는 사람이니까.—그녀가 나를 사랑한 다음부터 나는 얼마나 나 자신을 존경하게 되었는가?

자만에 빠진 것일까, 아니면 정말 그러한 것일까?—나는 로테의 마음속에 있는 어떠한 자도 두렵지 않다. 그러나— 로테가 진지하게, 실로 깊은 애정을 담아 약혼자 얘기를 할 때면—나는 명예나 지위, 대검까지도 모두 빼앗긴 느낌이 든다네.

우연히 손가락과 손가락이 스친다든지, 테이블 밑에서 발과 발이 부딪칠 때면 나는 온몸에 전기가 오르는 것 같다네.

순간 불에 덴 것처럼 확 움츠러들면서도, 신비스런 힘에 의해 나는 다시 스르르 풀어지지. ―오관이 몽롱해진다. 아아, 순진무구한 로테의 영혼은 깨닫지 못한다네. 다정한 몸짓 하나하나가 얼마나 나를 괴롭히는지. 그녀가 자신의 손을 내 손등에 얹고 가까이 몸을 기울여 이야기에 열중할 때면, 그녀의 천사와 같은 숨결이 내 입술에 닿는다네. ―벼락에 맞는다는 것이 이런 것일까?―빌헬름, 내가 훗날 이 낙원, 이 신뢰를 감히―자네는 알겠지. 그렇고 말고. 내 마음은 그 정도로 타락하지는 않았어. 그저 약해졌을 뿐이지. ―하지만 이것이 바로 타락이라는 게 아닐까?

로테는 신성하네. 로테 앞에서는 일체의 욕망이 침묵하고, 로테 곁에 있으면 내가 어떻게 되었는지 도무지 알 수가 없다네. 마치 영혼의 온 핏줄이 거꾸로 서는 듯한 느낌이 들지. ―아주 소박하고 경건하게, 천사와 같은 힘으로 로테가 연주하는 멜로디가 있어. 로테가 즐겨 치는 곡이라네. 그 최초의 건반을 누르는 것만으로도 나는 온갖 괴로움, 방황, 근심에서 해방된다네.

음악의 오랜 마력을 둘러싼 전설은 모두 사실일 거야. 때로 내가 이마에 총알을 한 방 꽂고 싶어질 때, 로테는 그 노래를 불러주거든. 단순한 노래는 나를 감동시켜, 내 마음의 방황이나 어두움은 멀리 사라져버리고, 나는 다시 자유롭게 숨을 내쉰다네.

7월 18일

  빌헬름, 사랑이 없는 세계가 우리 마음에 무슨 가치가 있을까? 빛이 들어오지 않는 환등이 무슨 의미가 있을까? 작은 램프를 켜야 비로소 하얀 벽에 색색의 그림이 비치는 것이지. 하긴 그것도 덧없는 환영에 지나지 않을지 모르지만. 그래도 말이지, 순진한 소년처럼 벽 앞에 서서 그 신기한 그림자에 황홀해한다면 그것 역시 행복이라 할 수 있지 않겠나? 오늘은 부득이 모임에 나가야 했기 때문에, 로테에게 갈 수 없었네. 그래서 어떻게 했을 것 같은가? 하인을 보냈지. 누구든 로테의 곁에 있으면 그녀의 체취가 묻어나리라는 생각에서. 몹시 초조해하면서 그가 오기를 기다리다가, 돌아온 것을 보고 얼마나 기뻤는지. 머리를 얼싸안고 입이라도 맞추고 싶은 심정이었다네. 창피해서 그렇게 하진 못했지만.

  보노나의 돌에 햇빛을 쪼이면 광선을 빨아들여 밤이 되어도 잠시 동안 빛이 난다는 얘기가 있는데, 이 하인이 바로 보노나의 돌이지. 로테의 눈길이 그의 얼굴과 뺨, 윗옷 단추, 외투 깃에 쏟아졌다고 생각하니, 그러한 모든 것이 나에게는 더없이 신성하고 고귀한 것으로 느껴졌다네. 그 순간만큼은 억만금을 준다 해도 이 하인을 놓치지 않을 거라고 생각했다니까. 하인이 곁에 있으니 정말 좋더군. ─웃지 말게, 빌헬름. 우리를 기쁘게 하는 것이 설사 환영일지라도 그게 무슨 상관이겠나.

72 젊은 베르테르의 슬픔

「그녀를 만나야지!」

아침에 눈을 뜨면 상쾌한 기분으로 밝은 태양을 바라보며, 나는 이렇게 외친다네.

「그녀를 만나야지!」라고. 나는 온종일, 그것 외에 아무런 바람도 갖지 않지. 모든 것은 남김없이 이 희망 속으로 빨려 들어간다네.

공사(公使)와 함께 ×××에 가는 게 어떻겠느냐고 자네는 제안을 했지만, 아무래도 아직 마음이 내키지 않는다네. 누군가의 밑에서 일을 한다는 것은 도무지 재미가 없어. 게다가 그 공사는 평판이 좋지 않잖아. 어머니는 나를 세상 밖으로 내보내고 싶어하신다고 했지. 나는 웃음이 터져 나왔다네. 지금도 나는 세상 밖에 나와 훌륭하게 해나가고 있지 않은가. 엎어뜨리든 메치든 결국 마찬가지 아니겠나? 이 세상 어떤 일도 잘 생각해보면 다 그저 그런 것이라네. 자신의 정열이나 욕구에서 나오는 것도 아닌데, 타인이나 돈을 위해서, 혹은 명예를 위해서 악착을 떠는 인간은 얼간이에 불과하지.

73

7월 24일

그림을 게을리 하고 있지는 않은지 심히 걱정을 하니, 차라리 아무 말도 안 하는 편이 좋을지 모르지만, 실은 그 후로 좀체 붓을 들지 못했다네.

하지만 이렇게 행복하고, 이렇게 풍부하게 자연을 느껴본 적은 한 번도 없어. 나무 한 그루, 풀 한 포기에 이르기까지 내 마음은 움직이고 있으니 말이지. ─그런데 어떻게 말하면 좋을까? 내 표현력이란 게 원체 빈약해서, 하나에서부터 열까지 영혼 앞을 떠다니듯 흘러가 버려 단 한 줄의 선도 그릴 수가 없다네. '진흙이나 밀랍이라도 있다면 뭔가 만들어보기라도 하겠지만' 하고 자만에 빠져 있지. 만약 이 상태가 이대로 지속되면, 필시 점토에 손을 뻗어 빚기 시작할 거야. 그것이 과자가 되든 뭐가 되든 아무래도 좋아.

로테의 초상화는 세 번 정도 시도해보았지만, 세 번 다 중도에서 포기하고 말았다네. 지난번엔 꽤 잘되어 갔기에 한층 더 화가 치밀어. 그래서 이번에는 실루엣을 만들어보았지. 대충 이것으로 만족하기로 했네.

7월 25일

알았습니다, 사랑하는 로테. 모든 것을 제대로 처리하도록 하죠. 모쪼록 더 많이, 더 자주 용건을 말씀해주십시오. 부탁이 하나 있습니다. 저에게 보내는 편지에는 앞으로 제발 모래(역주 : 당시에는 잉크가 빨리 마르도록 하기 위해 모래를 썼음)를 뿌리지 말아주세요. 오늘 편지를 급히 입술에 가져 갔다가 모래알을 잔뜩 씹었답니다.

7월 26일

로테를 자주 만나지 않겠다고 몇 번이나 결심했는지 모른다네. 하지만 좀처럼 지켜지지 않는군. 내일은 절대 찾아가지 않겠다고 거창하게 맹세해보지만, 그 내일이 오면 결국 유혹의 손길에 넘어가, 괜한 용무를 핑계로 나도 모르는 사이 떡 하니 로테 곁에 가 있으니까. 전날 밤에 「내일도 오실 거죠?」라는 말을 듣는다든지, ―이런 말을 듣고 가지 않을 수 있겠나?―혹은 무언가 일을 부탁 받는다, 그렇게 되면 바로바로 응답을 하지 않을 수 없다네. 또, 날씨가 좋아 발하임까지 나갔다 하면 이미 돌이킬 수 없게 되지. 반 시간이면 그녀의 집인데, 로테의 향기가 이렇게 가까이 느껴지는데―그래서 눈 깜짝할 사이에 벌써 로테 곁에 가 있는 거야. 할머니로부터 자석산 얘기를 들은 적이 있지. 산 가까이 배가 다가가면 이내 쇠붙이란 쇠붙이, 못이란 못은 죄다 끌어당겨, 조각조각 떨어지는 나무판자에 뱃사람들은 가엾게도 모두 깔려 죽는다고 해.

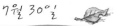

7월 30일

알베르트가 도착했다네. 나는 여기를 떠날 거야. 알베르트가 세상에서 가장 훌륭한 인간이고, 어느 면으로 보나 내가 알베르트 밑에 서지 않을 수 없다 해도, 그가 내 눈앞에서 로테라는 여인을 소유하고 있는 건 도저히 참고 볼 수 없으니까 말이야. 그래, 소유. ─빌헬름, 법무관의 사위가 여기에 있다네. 호의를 베풀지 않을 수 없는 훌륭하고 좋은 사람이지. 다행히도 그가 도착했을 때, 나는 그곳에 있지 않았어. 만약 그 자리에 있었다면 어떤 기분이었을까? 그는 사려가 깊어 내가 있는 곳에서는 아직 한 번도 로테에게 키스를 한 적이 없지. 대단하지 않은가. 그가 로테에게 바치는 존경심 때문에라도 나는 그를 좋아하지 않으면 안 되네. 나에게도 상당한 호의를 베풀고 있지. 그런데 아무래도 이것은 그 자신의 마음에서 우러나온다기보다 로테가 시키는 것 같더군. 그러한 일에 있어서 여자란 민감하여 실수를 하지 않는 법이니까 말이야. 두 사람의 숭배자를 사이좋게 만들어 득을 보는 것은 항상 여자 쪽이지. 하지만 이것이 성공한 예는 별로 없는 것 같다.

어쨌든 나는 알베르트에 대한 존경을 거부할 수가 없다네. 그의 침착한 태도는 나의 그렇지 못한 성격과 실로 좋은 대조를 이루고 있지. 나의 이 성격은 좀처럼 감추기가 힘들다네. 사리에 밝은 그는 로테가 어떤 여자인지도 잘 알고 있는 것 같더군. 불쾌해하는 일도 별로 없는 것 같아. 내가 이 불쾌감이라는 것을 어떤 악덕보다 싫어한다는 것을 자네도 알고 있지.

그는 나를 사려 깊은 사람이라고 생각하고 있다네. 그리고 로테를 향한 사모의 마음, 로테의 행동을 지켜보면서 내가 느끼는 한없는 기쁨은 그의 승리감을 높여주고 있지. 그 때문에 그는 더욱 로테를 사랑하는 것이라네. 그도 때로는 약간의 질투심으로 로테를 고민에 빠뜨리는 일이 있을지도 몰라. 만약 내가 그의 입장에 있다 하더라도, 결코 질투라는 악마로부터 벗어나지 못했겠지.

그가 어떻든 나는 관계없으나, 로테의 곁에 있을 수 있다는 내 기쁨은 이미 사라져버렸다네. 어리석다고 해야 할지, 눈이 멀었다고 해야 할지. ─말이야 어떻든 사실은 사실인 것이다. ─이런 일은 알베르트가 나타나기 전부터 익히 잘 알고 있었네. 로테에 대해서 나에게는 어떤 권한도 없다는 것을. 또, 어떤 요구도 하지 않았지. ─그러나 이 여인을 앞에 두고 아무 소망도 품지 않는다는 것이 가능하기나 한 일인가? ─그런데 실제로 딴 남자가 나타나서 아가씨를 데리고

77

가버리자, 나라는 어리석은 인간은 그저 망연자실하고 있을 뿐이라네.

나는 이를 갈며 내 비참한 신세에 냉소를 던지고 있는 것인데, 결국 아무 소용없으니 포기하라는 식의 말을 지껄이는 놈이 있다면, 두 배 세 배 비웃어줄 걸세. ─그런 놈은 내 눈에 띄지 말길!─나는 숲 속을 걸어 로테를 찾아간다네. 그런데 정원의 정자에는 로테 옆에 알베르트가 앉아 있는 거야. 그러면 나는 도저히 참지 못하고 반미치광이처럼 마구 떠들어대며 정말 바보스런, 걷잡을 수 없는 짓을 하기 시작한다네. ─오늘 로테에게 핀잔을 듣고 말았어.

「제발 부탁이니, 어제저녁처럼 소란을 피우지 말아주세요. 그렇게 떠들어대면 무서워진다고요.」

자네니까 하는 말인데, 실은 알베르트가 볼일 때문에 집을 비우는 날을 노려, 그런 날 그녀를 만나러 간다네. 로테가 혼자 있으면 나는 언제든 기분이 좋아지니까.

8월 8일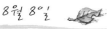

그렇지 않아, 빌헬름. 내가 지난 편지에서 피하기 힘든 운명에 따르라고 하는 인간은 참을 수 없다고 저주를 퍼부은 것은 결코 자네를 빗대어서 한 말이 아니네. 자네가 그런 의견을 말하리라고는 정말 생각지도 못했어. 그러나 결국 자

네가 옳았네. 다만 단 한 가지 말하고 싶은 것은, 이 세상에는 이것 아니면 저것으로 결정지을 수 있는 일이 거의 없다는 사실이야. 우리의 기분이나 행동 양식은 실로 복잡한 것일세. 매부리코와 주먹코 사이에 무수한 변화가 있는 것처럼 말이지.

그러니 내가 자네의 얘기를 모두 수긍하면서도 이것인지 저것인지 정하지 못하고 어떻게든 빠져나가려고 해도, 자네는 나쁘게 생각하지 말아줬으면 하네.

자네의 말은 이런 것이지. 로테에게 희망을 걸 수 있는가, 걸 수 없는가 둘 중에 하나다. 거기에서 첫번째 경우라면 희망이 이루어지도록 힘을 쓰는 것이 좋다. 그러나 두 번째 경우라면 단단히 마음을 먹고 자신의 힘을 소진시키는 쓸데없는 감정을 던져버리도록 노력해야 한다. ―과연 자네 말이 옳네. 하지만―말하기는 쉬운 법이지.

자네, 난치병에 걸려서 시시각각 쇠약해져 가는 불행한 사람을 보고, 단검을 휘둘러 단숨에 고통의 근원을 끊으라고 요구할 수 있겠나? 그 병자의 힘을 갉아먹고 있는 병마는 또, 동시에 병으로부터 우리 몸을 해방시키려는 용기마저 빼앗는 것이 아닐까?

자네는 물론 비슷한 비유를 들어 이렇게 대답하겠지. 우물쭈물하다 자신의 목숨을 위태롭게 하기보다는, 차라리 한 쪽 팔을 싹 잘라버리는 게 나을 거라고. ―그러나 핵심은 말이지. ―아니, 비유를 들어 언쟁하는 것은 그만두세. 이제 됐어. —빌헬름, 나도 때로는 씩씩하게 떨쳐버릴 용기가 솟기도 한다네. 하지만 그럴 때—어디로 가면 좋단 말인가? 그것을 알 수 있다면 좋으련만.

같은 날 밤

게을러서 잠시 내버려둔 일기를 오늘 문득 다
시 손에 쥐고는 놀라지 않을 수 없었다네. 모든
것을 다 알고 있으면서 나는 한 발자국 한 발자국 깊이 빠져
들어갔던 거야. 나는 입장을 극히 명료하게 파악하고 있었
어. 그럼에도 불구하고 막상 일이 닥치면 영락없는 어린애
가 되고 말았던 것이지. 지금도 그렇다네. 나는 확실하게 사
태를 내다보고 있지만, 그러면서도 전혀 잘될 것 같은 기색
은 보이지 않는다네.

8월 10일

만약 내가 바보 천치만 아니었어도 지극히 행복한 삶을
살 수 있었을 텐데. 현재 내가 처해 있는 상황만큼 한 인간
이 행복해질 수 있는 기회는 그리 흔치 않을 거야. 행도 불
행도 마음먹기에 달렸다는 것은 참으로 맞는 말이지. 화목
한 가족의 일원이 되어 노인으로부터는 아들처럼 사랑받고,
아이들로부터는 아버지처럼, 로테로부터는—게다가 성실한

알베르트, 그는 변덕스런 불쾌감으로 내 행복을 어지럽히는 짓도 하지 않고, 진심에서 우러나오는 우정으로 나를 대접해준다네. 그에게 있어서 나는 이 세상에서 로테 다음가는 존재인 것이지. −빌헬름, 우리 두 사람이 산책을 하면서 로테에 관한 얘기를 나누며 즐거워하는 모습을 자네가 볼 수 있다면 좋겠어. 그러나 우리만큼 묘한 관계가 이 세상에 어디 있을까? 이 때문에 나는 곧잘 눈물을 흘리는 것이라네.

알베르트로부터 로테의 어머니에 대한 얘기를 들었어. 로테의 어머니는 생각이 깊은 사람이었던 모양이야. 임종 직전에 로테에게 집안일과 아이들을 부탁하고, 알베르트에게는 로테의 장래를 부탁했다고 하네. 그 후 로테는 사람이 변한 것처럼 씩씩하고 어른스러워져서 집안일에 신경을 많이 쓰고, 진짜 어머니가 된 듯 쉴 새 없이 부지런히 일을 하면서도 절대 언짢은 기색을 보인 적이 없다고 하지. −
나는 그런 얘기를 들으면서 알베르트와 나란히 걷다가, 길가의 풀꽃을 꺾어 정성 들여 화환을 엮었다네. 그리고 그것을 근처에 흐르는 작은 시냇물에 던지고는 조용히 흘러가는 풀꽃을 바라보았지. −알베르트가 이 지역에 머물면서 궁정의 상당한 지위에 앉게 될 거라는 것을 자네에게 썼나 모르겠네. 궁정에서도 그의 평판은 좋지. 나는 일에 있어서도 그만큼 꼼꼼하고 근면한 사람은 본 적이 없다네.

정말 알베르트는 세상에서 제일 좋은 사람이야. 어제는 그와 좀 묘한 장면을 연출하게 되었다네. 갑자기 말을 타고 산으로 나가고 싶기에 인사를 하러 그가 있는 곳에 갔지. 오늘 이 편지도 산에서 쓰고 있는 것일세. 알베르트의 방 안을 둘러보니 권총이 몇 자루 있는 것이 눈에 띄어서, 이번 여행에 저 권총을 빌려주지 않겠느냐고 물었어.

「아, 좋습니다. 단 총알은 그쪽에서 장전하시오. 나는 단지 저렇게 장식으로 놔두고 있을 뿐이니까」 하고 대답하더군. 나는 그중 하나를 집었다네.

「예전에 한번 주의한답시고 한 일이 엉뚱하게도 끔찍한 사고를 불러서, 그 후론 그런 것에 일절 손을 대지 않고 있답니다.」

어찌 된 일인지 궁금하더군.

「3월경이었을까, 시골에 사는 친구 집에 갔었소. 그때 만약을 위해서 탄환을 넣지 않은 권총을 갖고 갔었지요. 어느 비 오는 오후, 따분해하고 있는데 문득 혹시 강도라도 들이닥치면 어쩌나, 이 권총이 필요하지 않을까 하는 불안한 생각이 들더군요. 당신도 알 거요, 그런 생각이 들 때가 있다는 것을. 그래서 하인에게 권총을 건네주고 잘 닦아서 탄환을 장전해놓도록 명령을 한 것이지요. 그런데 그 하인이 하녀와 장난을 하면서 놀라게 해주려고 만지작거리다가, 어찌

된 연유인지 권총이 발사되고 말았소. 총열에 청소용 꽂을 대가 끼어 있었던 거요. 그것이 하녀의 오른손 엄지 밑동에 박혀 그만 엄지손가락이 박살나 버렸다오. 하녀는 울고불고 난리를 치고, 나는 치료비까지 물어주었지요. 그 이후로 나는 절대 탄환을 넣어두지 않는답니다. 아무리 주의해도 도움이 되지 않을 때가 있더군요. 하긴 한 치 앞도 내다볼 수가 없는 게 사람 일이니. 하지만……」

빌헬름, 자네도 알다시피 내가 아무리 알베르트를 좋아해도 이 '하지만'에는 정말 질린다네. 어떤 일반적인 명제라도 예외가 있다는 것은 누구나 아는 일 아닌가. 그런데 이 사람은 무슨 일이든 철두철미하단 말이야. 자신이 뭔가 경솔하거나 일반적이거나 애매모호한 말을 했다 싶으면, 그것을 한정하고 수정하고 덧붙이고 철회하고…… 끝도 없이 이런 짓을 해대는 것이다. 때문에 나중에는 본제가 어디론가 날아가 버리고 말지. 이때도 그랬다네. 얘기는 점점 원점에서 멀어져, 나는 이미 아무 것도 듣지 않고 딴 생각을 하고 있었지. 그러다 발작적인 몸짓으로 내 오른쪽 눈에 총구를 갖다 댔다네.

「이보시오. 무슨 짓을 하는 거요?」

「하지만 탄환은 없지 않습니까?」

「그래도 그게 무슨 짓입니까?」

그는 꽤 당황한 듯한 표정이었지.

「도대체 인간은 어째서 자살과 같은 우를 범하는지 모르겠소. 나는 자살이란 건 생각만 해도 역겹다오.」

「어떻게 당신과 같은 사람들은 그렇게 어떤 일에 대해 어리석다, 현명하다, 좋다, 나쁘다 판단을 내릴 수 있는 겁니까? 그렇게 하는 것이 결국 무슨 의미가 있습니까? 미리 어떤 행위의 내면적인 경위를 조사라도 해봤단 말입니까? 어떤 행위가 왜 일어났는지, 왜 일어나지 않으면 안 되었는지 그 원인을 확실히 설명해 보일 수가 있느냐 말입니다. 만약 당신이 그럴 수 있다면, 그렇게 쉽게 판단을 내리지는 못할 겁니다.」

「아니, 설사 피치 못할 사정이 있다 해도 절대로 용서하기 힘든 행위가 있다는 건 당신도 인정하겠지요?」

나는 어깨를 으쓱하고 그 말에 수긍했다네.

「하지만 말입니다, 알베르트. 그 경우에도 약간의 예외는 있습니다. 도둑질이 죄라는 것은 사실입니다. 그러나 견디기 힘든 굶주림에서 자기 자신이나 가족을 구하려고 도둑질을 한 자는 동정해야 할까요, 형벌에 처해야 할까요? 분노에 사로잡혀 부정한 아내와 비열한 정부를 죽이는 남편을 향해, 또 사랑의 기쁨에 자신을 잊고 끝없는 사랑의 희열에 몸을 맡긴 소녀를 향해 누가 먼저 돌을 던질 수 있을까요? 냉엄한 법률조차도, 냉정한 현학자조차도 감동한 나머지 벌하기를 주저하지 않을까요?」

「그것과 이것은 별개의 문제요. 자신의 정열에 사로잡혀

사리 분별을 잃은 인간이란 술주정뱅이나 미친놈과 같으니 말이오.」

「아아, 당신은 무척 이성적이군요.」

나는 냉소를 띠며 대답했다네.

「정열, 도취, 광기. 그러나 당신은 태연과 무감동으로 시치미를 뗄 수 있는 거로군요. 당신과 같은 도덕가들은 술주정뱅이를 비난하고 광인에게 돌을 던지며, 수도승처럼 점잔 뺀 얼굴로 그들을 지나칩니다. 그리고 바리새인처럼 그러한 무리에 끼지 않은 것을 신에게 감사하지요. 나는 여러 번 술에 취하기도 했고, 내 정열은 결코 광기에 먼 것이 아니었습니다. 그러나 그것을 후회하고 있지는 않아요. 뭔가 대단한 일, 뭔가 불가능해 보이는 일을 이루어낸 비범한 사람들이 모두 예부터 술주정뱅이다, 광인이다 하고 소문이 나지 않을 수 없었던 것을 나는 이제야 깨달았습니다. 이 세상에서 누군가가 자유로운 사고를 갖고 정도에서 벗어난 일을 하기 시작하면 제정신이 아니다, 얼간이다 하며 소문을 퍼뜨리는데, 차마 들어줄 수가 없군요. 무감동한 당신들, 영리한 당신들도 조금은 부끄러운 줄 알아야 합니다.」

「이것 보시오, 그것이 또 당신의 망상이라는 것이오」 하고 알베르트가 말하더군.

「당신은 무엇이나 과장하는 버릇이 있소. 적어도 지금과 같은 경우, 문제의 자살을 훌륭한 행위와 비교하는 것은 잘

못됐다고 생각하지 않소? 어쨌든 자살은 나약하다는 증거요. 고통스런 인생에 의연히 대처하기보다 죽어버리는 것이 훨씬 편할 테니까.」

나는 논쟁을 그만두려고 생각했다네. 이쪽은 진심으로 얘기를 하고 있는데, 하잘것없는 상투적인 문구로 상대를 해오니 대화가 될 리가 없지. 그러나 지금까지도 몇 번인가 그런 의견을 들었었고, 그것에 대해 화를 낸 일도 여러 번 있기에 마음을 가라앉히고 어조에 다소 힘을 주어서 대답했지.

「나약하다고요? 부탁이니 제발 외관에 구애받지 마십시오. 폭군의 무자비한 압박 속에서 허덕이던 국민이 분연히 일어나 쇠사슬을 끊었다면 당신은 이것을 보고 약하다고 하겠습니까? 집이 불길에 휩싸인 걸 보고 갑자기 몸 속의 힘이 분기해서, 보통 때 같으면 도저히 들 수 없는 무거운 짐을 너끈히 운반해내는 사람이라든지, 뜻밖의 모욕에 화가 치솟아 자기보다 힘센 상대를 순식간에 해치우는 그런 사람 역시 약한 것이 됩니까? 이봐요, 노력이 강인함이라면 어째서 과도의 긴장이 그 반대가 되는 겁니까?」

알베르트는 나를 바라보았다네.

「당신이 드는 예는 이 경우에 조금도 해당되지 않는 것 같군요.」

「그럴지도 모르지요. 내 사고방식은 때로 터무니없다고 사람들로부터 자주 지적받으니까요. 즐거워야 할 인생이 무거운 짐이 되어 내던져 버릴 결심을 하는 인간의 마음이 어떠한 것인지, 그것을 다른 방식으로 생각할 수는 없는지 한 번 말해봅시다. 왜냐하면 우리는 공감하는 것에서만 어떤 사항을 논할 자격이 있으니까요. 인간의 본성에는 한계라는 것이 있습니다. 기쁨이든 슬픔이든 괴로움이든 어느 한도까지는 참을 수 있지만, 그것을 넘으면 인간은 바로 파멸해버리지요. 때문에 이 경우는 강한가 약한가가 문제가 아니라, 자신의 괴로움의 한도를 견딜 수 있는가 아닌가가 문제인 것입니다. —정신적으로든, 육체적으로든 말이죠. 그래서 나는 자살하는 사람을 비겁하다고 하는 것은, 지독한 열병으로 죽는 사람을 비겁하다고 하는 것과 마찬가지로 이상한 논리가 아니냐 하는 것입니다.」

「대단한 역설이로군요」 하고 알베르트가 외쳤기 때문에 나는 이렇게 말했다네.

「결코 지나친 역설이 아닙니다. 자, 보세요. 병 때문에 몸은 앙상해지고 정력이 다 소진되어 더는 일을 할 수 없는 데다, 아무리 좋은 치료를 받아도 생명의 순조로운 회복을 기대할 수 없게 된 경우, 이것은 죽을병이라고 해야 마땅하다는 건 당신도 인정하겠지요. 자, 이것을 정신에 적용해봅시다. 마음이 오그라들고 사물에 대해 지나치게 민감해지고, 어떤 관념이 들어앉아 움직이려고 하지 않는 인간의 정열이 점차로 커져가 자신을 주체하지 못하고 분별력이 뿌리째 뽑혀 파멸해가는 그런 인간이 있습니다. 침착하고 이성적인 사람은 그런 불행한 인간의 상태를 자세히 보고, 무언가 충고를 해줄 것입니다. 그러나 그렇게 한들 무슨 소용이 있겠습니까? 건강한 사람이 병자가 누워 있는 옆에 서 있어봤자 자신의 넘쳐나는 힘을 손톱만큼이라도 나누어줄 수가 있겠습니까?」

이 예는 알베르트에게 너무 추상적이어서, 얼마 전에 투신자살한 소녀의 일을 상기시켜주고 얘기를 이어갔지.

「선량하고 여린 아가씨였죠. 집안일이나 매주의 정해진 노동이라는 좁은 세계 속에서 자라온 소녀였습니다. 일요일 같은 때는 그동안 조금씩 모아온 것으로 몸을 치장해 친구들과 함께 교외로 소풍을 가기도 하고, 또 축제 때는 춤을 추기도 하고, 아니면 동네 싸움이나 좋지 않은 소문을 갖고 이웃 처녀들과 쏙닥거리며 시간을 보내기도 하고, 뭐 그런 것 외에는 소녀에게 별로 이렇다 할 즐거움이 없었습니다. 그런데 소녀는 워낙 열정적인 성격이라 점차 더 깊은 욕구를 느끼게 되었지요. 그것이 사내들의 입에 발린 소리로 인해 더욱 강해지고, 예전에 재미있던 일들이 점차 시들해지던 차에, 한 남자를 알게 되었답니다. 그리고 지금까지 느끼지 못했던 감정에 이끌려 주위의 일은 전혀 신경 쓰지 않게 되었지요. 소녀는 그 남자에게 모든 희망을 걸었고, 그가 아닌 다른 것은 귀에도 눈에도 마음에도 들어오지 않았어요. 오로지 한 사람만을 애타게 그리게 된 거죠. 변덕스런 허영심이 주는 공허한 향락 같은 건 전혀 모르는 순진한 처녀였기에 오직 그 남자의 아내가 되고 싶다, 영원한 결합 속에서 자신에게 결핍되어 있는 모든 행복을 찾아내자, 그리고 지금까지 동경하고 있었던 일체의 기쁨을 발견하자 생각한 겁니다. 남자가 몇 번이나 다짐을 해주었기 때문에 희망에 대한 확신은 굳어졌고, 대담한 애무는 그녀의 욕망을 점점 더 부추겨서, 그 때문에 마음이 온통 질식할 것 같았지요. 온갖 기쁨의 어렴풋한 의식과 예감 속에 마음도 들떠서 긴장은 극도에 달했습니다. 급기야 그녀는 양손을 뻗어서 하나의 소망을 잡아채려고 했지요. ─그런데 남자가 도망쳤습니다. ─넋을 잃고 심연에 선 그녀는 어디를 보아도 암흑이고, 목표도 위로도 희망도 없었습니다. 오직 하나 의지하고 있었던 남자에게 버림을 받았으니 말입니다. 자신의 눈앞에 가로놓여 있는 넓은 세상은 보이지 않고, 잃어버린 것을 대신해줄 많은 사람도 눈에 들어오지 않았지요. 어디를 향해도 자신이 완전히 외톨이라는 것밖에는 느낄 수 없고, 눈앞이 깜깜해지고, 끔찍한 고통이 가슴을 조여왔습니다. 그리하여 그녀는 몸을 던지고 만 것입니다. 자신을 감싸주는 죽음 속으로 뛰어들어 모든 괴로움을 끊어버리려고. 자, 알베르트. 이것이 그녀에게만 한정된 것일까요? 이것이 바로 마음의 병이 아닐까요? 인간의 마음이 뒤죽박죽 엉켜 있는 미궁에서 도저히 빠져나올 수 없을 때, 인간은 죽음을 택할 수밖에 없는 것입니다. 이것을 방관하고 있었으면서 '바보 같은 여자다.

시간이 흐르길 참고 기다렸으면 고통도 가라앉고, 누군가 위로의 손길을 뻗어줬을 텐데'라고 하는 사람은 머리가 어떻게 된 것이지요. —그건 '열병으로 죽다니 바보 같은 놈이다. 뜨거운 열기가 가라앉아 체력이 회복되고 힘이 날 때까지 기다렸으면, 괜찮았을 텐데. 계속 살 수 있었을 텐데'라고 하는 것과 무엇이 다르겠습니까?」

알베르트에게는 이 예도 확실하게 이해되지 않았는지 여전히 투덜거리며, 「당신이 말하는 것은 극히 단순한 아가씨의 경우라 할 수 있지요. 그렇게 시야가 좁지 않고, 사리를 잘 파악하는 이성적인 인간의 경우에는 다른 선택의 여지가 있을 거라고 생각합니다만」이라고 하더군.

나는 말해주었지.

「알베르트, 인간에게 뭐 다를 게 있겠습니까? 인간이 갖고 있는 쥐꼬리만 한 지혜와 분별 같은 건, 정열이 미쳐 날뛰어 인간성의 한계가 바로 코앞에 드러나게 되면 털끝만큼도 도움이 되지 않아요. 오히려—아니, 이제 그만둡시다.」

나는 이렇게 말하고 모자를 잡았다네. 가슴이 터질 것 같았어. —어쨌든 우리는 서로 납득하지 못한 채 헤어졌지. 이 세상에서는 어느 누구도 타인을 이해하지 못하는 것 같아.

8월 15일

이 세상에서 애정만큼 인간에게 필요한 것은 없다네. 로테를 보고 있으면 나를 놓치고 싶어하지 않는다는 것을 잘알 수 있지. 게다가 아이들도 내가 으레 매일 찾아올 줄 알고 있고. 오늘은 로테의 피아노를 조율해주러 찾아갔는데, 아이들이 옛날이야기를 해달라고 졸라대는 바람에 조율은 손도 대지 못했다네. 로테마저도 제발 이야기를 해달라고 부탁하지 뭔가. 이제 아이들은 나에게 저녁 빵을 얻어가곤하지. 나는 이 일에 있어서 로테와 같은 자격을 갖게 된 거야. 그리고 여러 개의 손으로부터 밥을 얻어먹는 공주님(역주 : 어떤 공주가 갇혀서 굶어죽게 됐을 때, 천장에서 여러 개의 손이 불쑥 튀어나와 먹을 것을 주었다는 동화) 이야기를 해주었어. 이것은 내가 제일 잘하는 이야기지. 나는 이야기를 해주면서 배우는 점이 꽤 많다네. 정말이야. 이 이야기가 아이들에게 얼마나 큰 인상을 남기는지 놀라울 정도지. 나는 이어지는 얘기를 그저 되는대로 지껄이는데, 그러다 보니 전에 했던 이야기와 조금만 어긋나면 아이들한테서 바로 항의가 빗발치는 거야. 지난번 이야기와 다르다고 말이지. 그래서 이제는 전체를 조금도 바꾸지 않고 노래하듯이 절을 붙여 술술 이어가는 연습을 하고 있다네. 확실히 이야기책을 쓰는 사람도 2판에서 덧칠할 때는 신중히 고려해야 할 거라고 생각해. 설사 그쪽이 예술적으로 뛰어나다 해도 말이지. 첫인상이라는 것은 받아들여지기 쉽고, 인간은 아무리 현실과 동떨어진 일이라도 믿게 돼. 그것은 일단 머릿속에 들어오면 딱 들러붙어 웬만해선 떨어지지 않으니, 그것을 나중에 긁어내거나 벗겨낼 생각은 하지 않는 게 좋지.

8월 18일

왜 행복이라는 것이 동시에 불행의 근원이 되어야만 할까?

활기찬 자연을 보고 나는 마음에 넘쳐흐르는 따뜻한 감정을 느꼈다네. 나는 환희에 불타서 이 감정에 몸을 담고 주위의 세계를 낙원이라 여겼는데, 현재는 이 감정이 악령으로 변해 끈질기게 나를 따라다니며 견디기 힘든 고문을 한다. 예전에 나는 바위에 앉아 흐르는 강 건너 언덕의 부드러운 계곡을 바라보며 너른 대지에 싹이 트는 것을 보고, 산기슭에서 꼭대기까지 푸른 잎이 무성한 저 산들, 그 상쾌한 숲 그늘 아래 고운 선을 그리며 달리는 저 골짜기, 저녁 산들바람에 살랑살랑 모여드는 아름다운 구름의 그늘을 품곤 했지. 속삭이는 갈대 사이로 졸졸 흐르는 냇물을 바라보며, 숲 속에 퍼지는 작은 새의 지저귐도 듣고…… 서산으로 기우는 태양의 노을빛 속에 기운차게 날아다니는 수많은 모기 떼와 태양이 뿜어내는 마지막 광채에 풀잎 사이로 빠져나오는 투구벌레들, 주위의 술렁임과 활기찬 삶 속에서 대지에 눈을 돌리면 단단한 바위에서 양분을 빨아들이는 이끼, 그리고 메마른 사구의 관목에서 타는 듯한 자연의 신성한 생명을 느낄 수 있었다네.

나는 그러한 모든 것을 내 가슴속에 얼싸안을 때면 넘쳐흐르는 풍요 속에 내 몸도 하나의 신이 된 듯했지. 무한한 세계의 뭐라 형언할 수 없는 모습이 일제히 활기를 띠면서 영혼 속에서 꿈틀거리는 것이었어. 눈앞에는 거대한 산에 둘러싸인 심연이 가로놓여 있고, 다리 밑에는 강이 흐르고, 소용돌이치며 떨어지는 계곡의 물이 숲과 산에 울려 퍼지지. 그때 나는 대지의 저 깊은 곳에서 일하며 창조하는 것을 듣고, 또 큰 하늘 밑 생명을 가진 무리가 각양각색의 모습으로 꿈틀거리며 이 세계를 메우는 것을 본다네. 인간도 작은 오두막 안에 뿌리를 내리고 서로 기대어 안락한 생활을 영위하며, 나름대로 자신들이 광대한 세계를 지배하고 있다고 생각하지. 가련한 바보다. 자신이 그만큼 보잘것없이 작기 때문에 모든 것을 경멸하는 거야. ―영원히 창조하는 자의 영혼은 오르기 힘든 높은 봉우리는 물론, 인간의 발이 미치지 않은 황야, 또 미지의 대양 저 끝에 떠 있으면서 이 영혼을 받아 살아가는 것들, 설사 그것이 한 줌의 먼지에 지나지 않더라도, 가상히 여기는 것이다. ―아아, 그 무렵에는 머리 위를 날아가는 학의 날개를 달고 끝없이 펼쳐진 대양의 해안 저편으로 얼마나 날아가고 싶었던가! 그리고 거품이 피어오르는 전능한 신의 잔에서 끓어 넘치는 생명의 환희를 마시면서, 설령 내 가슴은 작고 힘은 부족해도, 온갖 것을 자기 속에서 자기에 의해 창조해내는 자의 행복을 다만 한 방울이라도 맛보길 기원했던 것이라네. 그 무렵의 추억만이 나를 기쁘게 하지. 그 형언할 수 없는 감정을 다시 불러와 입에 담으려는 이 노력만으로도 내 영혼은 부풀어오르는데, 그만큼 내가 처한 현재의 비애가 고통스럽기도 하다네.

　내 영혼 앞에 드리워진 막은 떨어져버렸다네. 무한한 생의 무대는 내 눈앞에 떡 하니 입을 벌리고 있는 영원한 무덤의 심연으로 변해버렸어. 모든 것은 흘러서 변하는데 자네는 '이것은 존재한다'고 말 할 수 있는가? 모든 것은 번개와 같이 순식간에 지나가고, 영원히 존재하는 것은 드물지. 슬프다. 그 존재의 변천의 흐름에 빨려 들어가 물밑에 잠기고 바위에 부딪혀 산산이 부서지는데, 한순간도 너나 내 주위의 사랑하는 것들을 좀먹지 않을 수 없고, 나 자신은 파괴자가 되며, 한시도 파괴자가 되지 않아도 되는 순간이 없어. 무심히 산책할 때조차 수없이 가련한 작은 벌레가 생명을 빼앗기고, 땅에 내딛는 발자국 하나에 열심히 쌓아올린 개미의 둔덕이 무너져 작은 세계는 짓밟히고 끔찍한 무덤으로 변해버리지. 마을 구석구석을 휩쓰는 대홍수, 큰 도시를 순식간에 삼켜버리는 대지진, 그런 드물게 일어나는 재해 따윈 사실 아무것도 아니라네. 자연의 만물 속에 숨어 있는 침식력, 자신의 이웃이나 자기 자신을 파괴하지 않는 그런 무언가를 만든 적이 없는 침식력, 이것이 내 마음을 마구 파헤치지. 이렇게 생각하면 내 다리는 불안에 떨려 휘청거린다네. 하늘과 땅과 내 주위에서 끊임없이 무언가를 창조해내는 힘. 내 눈에는 영원히 삼키고 영원히 되새김질하는 괴물의 모습밖에 보이지 않는다네.

8월 21일

답답하고 숨 막히는 꿈의 잔재에 싸여 아침에 눈을 뜬다네. 그리고 순진하고 즐거운 꿈에 속아 그녀를 향해 덧없이 팔을 뻗치지. 들판에 나가 로테 옆에 앉아 그 손을 잡고 마구 입을 맞추었다고 생각했는데, 내 몸은 밤의 외로운 침대에 누워 있는 거야. 아아, 아직 몽롱한 상태에서 그녀를 찾아 헤매다 확 정신이 들면 괴로운 가슴속에서 끝없이 눈물이 흐른다네. 아무리 울어도 앞으로는 위안도 희망도 찾을수가 없구나.

8월 22일

암담하다, 빌헬름. 온몸이 뒤틀리고 불안한 자포자기 상

태에 빠져버렸어. 태연히 있을 수도 없고, 그렇다고 일에 몰두할 수도 없어. 표상력도 잃었지. 자연에 대해서도 무감각, 책은 생각도 하기 싫다. 자신이 없어지니 모든 것이 스러져 버리는구나. 솔직히 말해 나는 정말 막노동꾼이 되고 싶은 심정이라네. 그렇게 하면 적어도 아침에 눈을 뜰 때 그날 하루의 목표가 있고, 하나의 욕구, 하나의 희망을 가질 수 있으니까. 나는 종종 서류 더미에 파묻혀 있는 알베르트가 부러울 때가 있다네. 내가 그의 위치에 있었다면 하고 상상하는 일이 있지. 지금까지 벌써 몇 번인가 자네와 장관에게 편지를 써서, 공사관에 자리를 알아봐 달라고 할까 하는 생각을 했었다네. 자네 얘기를 들으면 그것도 전혀 가망 없어 보이지는 않으니까. 나도 그것을 믿고 있어. 장관은 오래전부터 나를 총애하고 있고, 뭔가 실무 경험을 쌓아보면 어떤가 하고 전부터 권하고 있었으니까. 나도 때로는 그럴 마음이 생기는데, 나중에 항상 그 말 이야기를 떠올리고는 어떻게 해야 좋을지 결단을 내리지 못한다네. ─자유에 싫증 나서 안장과 마구를 얻지만 결국 사람을 태우다 으스러져 가는 그 말 이야기 말이지. ─혹시 내가 현재의 처지를 바꾸고 싶어하는 것은 내심의 불안과 초조감을 나타내는 것이 아닐까? 그렇다면 그 초조감은 가령 처지가 바뀐다 해도 나에게 따라붙을 거야.

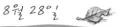

내 병이 나을 수 있는 것이라면 그것을 고치는 의사는 바로 이 사람들일 거야. 오늘 생일을 맞은 나는 아침 일찍 알베르트로부터 소포를 하나 받았다네. 풀어보니 처음 만났을 때 로테가 달고 있었던 담홍색 장식 끈 하나가 눈에 들어오더군. 내가 달라고 몇 번이나 졸랐던 것이지. 그리고 12절판 책이 두 권. 이것은 베트슈타인(역주 : 암스테르담의 서점)의 소형판 호메로스로, 그동안 갖고 싶어 노래를 부르던 것이지. 덕분에 산책 때에 그 커다란 에르네스티(역주 : 독일의 고전학자)를 끌고 다니지 않아도 되게 됐다네. 이처럼 그 두 사람은 내 소망을 헤아려서 요모조모 세세하게 신경을 써주는데, 이러한 지극한 배려는 보내는 사람의 허영심 때문에 받는 사람이 굴욕을 맛보게 되는 그런 허세에 싸인 선물보다도 훨씬 고매한 것이지. 나는 이 장식 끈에 수백 번도 더 입을 맞췄다네. 그리고 그 입맞춤마다 두 번 다시 돌아오지 않을 행복한 날들이 나에게 가져다준 즐거운 추억을 들이쉬었어. 빌헬름, 그런 것이야. 나는 우는소리는 하지 않을 걸세. 인생에 장식된 꽃들은 환상에 지나지 않아. 대개는 자취도 없이 흩어져 열매도 맺지 않고, 가령 열매를 맺었다고 해도 완전히 익는 경우는 드물지. 그러나 잘 익은 열매도 있기는 해. 그러니 빌헬름, 그러한 잘 익은 열매를 하찮게 경멸하고, 맛도 보지 않고 썩게 할 수 있을까?

잘 있게. 훌륭한 여름이다. 나는 종종 로테의 과수원에서 과일을 딴다네. 긴 장대를 가지고 나무 위에 올라가 높은 곳에 달린 배를 따내지. 로테는 밑에 서서 내가 떨어뜨리는 배를 받아내고.

8월 30일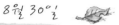

불행한 남자여, 너는 바보가 아닌가? 너와 네 몸을 속이고 있는 것은 아닌가? 이 광기와 같은 한없는 정열은 무엇인가? 내 기도는 오로지 그녀를 향한 것이라네. 내 공상 속엔 그녀 이외에는 어떤 모습도 나타나지 않아. 주위의 모든 것은 단지 그녀와의 관계에서만 의미를 갖고, 또 그것은 나에게 더없이 행복한 시간을 가져다준다네. ─물론 그것도 그녀와 헤어지기 전까지겠지만. 아아, 빌헬름. 마음은 나에게 헤어지라고 요구하고 있어. 두 시간, 혹은 세 시간, 그녀 옆에 있으면서 그녀의 모습, 행동, 상냥한 말투에 기쁨을 느끼는 사이, 이윽고 내 온 감각은 긴장하고 눈앞이 깜깜해져 아무 것도 귀에 들어오지 않게 된다네. 누군가 힘껏 내 목을 조여 오고 가슴을 짓눌러, 숨을 내쉬려고 하면 심장이 격하게 요동치기 시작해. 그 때문에 오히려 가슴이 갈기갈기 찢어지지. ─빌헬름, 정말이다. 내가 살아 있는지 죽었는지 알 수 없게 돼. 그리고 ─ 때때로 너무나 슬픈 나머지, 로테가 허락

해주는 손을 감사히 부여잡고 애처로운 가슴의 고통을 눈물로 달래려 하지. ―그런 때, 나는 더 견딜 수 없어 밖으로 도망친다네. 그리고 멀리 들판을 헤매며 험난한 산에 오른다네. 길도 없는 숲을 헤집고 들어가, 덤불에 상처를 입고 들장미에 찔리는 것이 그나마 기쁨인 것이야. 그렇게 하고 있으면 얼마간은 편해져. 얼마 동안이라도. 나는 피로와 갈증으로 인해 풀썩 쓰러지곤 하지. 깊은 밤, 쓸쓸한 숲 위에는 보름달이 걸려 있고, 나는 뱀처럼 휘어진 나무에 걸터앉아 상처 난 발을 조금이나마 어루만져준다네. 사방은 적막한 어둠에 싸여 있고 피로가 몰려와 꾸벅꾸벅, 달빛 속에서 잠깐 조는 일도 있지. 아아, 빌헬름. 쓸쓸한 승방, 가죽옷에 가시 띠, 그런 것이야말로 내 영혼이 찾아 헤매는 위안일 거야. 그러면 잘 있게. 이 비참함에서 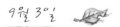 벗어나는 길은 무덤 말고는 없을 것 같다.

9월 3일

더는 여기에 있을 수 없어. 고맙네, 빌헬름. 내 흔들리는 결심을 굳혀준 것은 자네야. 벌써 2주일 내내 로테와 헤어질 생각만을 했다네. 나는 도망치지 않으면 안 돼. 로테는 마을의 친구들이 있는 곳에 나가 있다네. 그리고 알베르트는 ―그리고―나는 도망쳐야 해.

참기 힘든 하룻밤이었어. 빌헬름, 지금은 완전히 기분이 가라앉았다네. 이제 두 번 다시 만날 일이 없을 거야. 자네를 부둥켜안고 울면서 내 가슴에 밀려드는 온갖 상념을 모조리 털어놓을 수만 있다면. 나는 여기 이렇게 앉아 숨을 몰아쉬며, 애써 마음을 가라앉히면서 아침을 기다리고 있다네. 날이 밝으면 말이 올 거야.

로테는 편안하게 자고 있겠지. 다시 나를 만날 수 없다는 생각은 꿈에도 하지 못하면서. 나는 뿌리치고 나왔다네. 두 시간 정도 같이 얘기하는 동안, 끝까지 내 결심을 털어놓지 않았어. 괴로웠지만 그 두 시간은 얼마나 훌륭했는지……

알베르트가 저녁 식사 후 로테와 정원으로 나오겠다고 약속했기 때문에 나는 커다란 밤나무 아래 테라스로 나와, 저물어가는 태양을 바라보고 있었다네. 이 부드러운 계곡도 완만한 강의 흐름도 이제 마지막이다. 로테와 함께 여기에 서서, 이 장려한 광경에 넋을 잃던 수많은 순간이 있었지. 그런데 지금은─나는 좋아하는 가로수 길을 서성였다네. 로테를 알기 전, 왠지 모르게 마음이 끌려서 자주 여기를 찾곤 했지. 그리고 나중에 로테를 알게 된 후, 로테도 이곳을 좋아한다는 걸 알고 서로 기뻐했었어. 이곳은 지금까지 내가 본 어떤 예술품보다도 아름답고 로맨틱한 곳이라네.

밤나무 너머로는 앞이 확 트여 있다네. 아, 그렇지. 자네에게는 벌써 수차례 이 얘기를 했었지. 키 큰 너도밤나무가 빼곡히 울타리를 이루고, 끝으로 가면서 점차 좁아지는 길이 울창한 나무 그늘로 어두워지면서 마지막엔 주위가 빙 둘러싸인 작은 광장으로 끝이 난다네. 외로움이 바싹바싹 물밀듯 다가오는 그곳에 내가 처음으로 발을 들여놓았을 때, 얼마나 마음이 고요해졌는지 지금도 잘 기억하고 있어. 그리고 나는 어렴풋이나마 여기가 행복과 고뇌의 무대가 될 것이라는 것을 느꼈지.

반 시간쯤 이별과 재회라는 처량하고도 달콤한 생각에 빠져 있으려니 위로 올라오는 발소리가 들렸네. 서둘러 달려가 로테의 손을 잡고 입을 맞추었지. 가슴이 찡했어. 위에 오르니, 때마침 저녁달이 나무숲에 가려진 언덕 뒤에서 떠오르더군. 우리는 이런저런 얘기를 나누면서, 어느 사이 어두운 정자 쪽으로 걸어가고 있었지. 로테가 안에 들어가 앉자 알베르트가 그 옆에 앉았어. 나도 로테 옆에 앉았지. 그러나 마음이 가라앉지 않아 가만히 있을 수가 없었다네. 일어나서 로테 앞으로 나가, 이리저리 서성이다가 다시 앉았다. 숨 막히는 상태였어. 너도밤나무 울타리 끝을 스쳐 우리 앞을 훤히 비추는 아름다운 달빛을 보고 로테는 「어머, 저것 좀 보세요」라고 외쳤지. 짙은 어둠 속에서 달빛은 더욱 선명하게 빛나고 있었어. 모두 잠자코 있으니 잠시 후 로테가 입을 열었다네.

「달빛을 받으며 산책을 하면 말이죠, 항상 죽은 사람들이나 앞날의 일을 생각하게 돼요. 우리도 모두 언젠가는 저세상으로 가버리겠죠?」

얼마나 맑은 목소리인가!

「하지만 말이죠, 베르테르. 저세상에서 우리가 다시 만날 수 있을까요? 서로 알아볼 수 있을까요? 어떻게 생각하세요, 네? 어떻게?」

나는 손을 뻗었다네. 눈에는 눈물이 고이기 시작했지.

「로테, 물론 만날 수 있어요. 이 세상에서도 저세상에서도 당연히 만날 겁니다.」

그 이상 말을 할 수가 없었다네. ─빌헬름, 그녀는 왜 하필 쓸쓸한 이별을 애써 가슴에 숨기고 있는 나에게 그런 말을 물었을까?

「이미 돌아가신, 우리가 사랑하는 사람들은 저세상에서도 우리 일을 알고 있을까요? 우리가 건강하게 잘 있고, 애틋하게 그 사람들을 그리워하고 있다는 것을 느끼고 있을까요? 조용한 저녁 시간, 예전에 모두가 돌아가신 어머니의 주위에 있었던 것처럼 동생들이 제 주위에 있으면 늘 어머니의 모습이 눈앞에 아른거려요. 그런 때 저는 어머니가 보고 싶어 눈물을 흘리면서 하늘을 올려다보고, 제발 조금이라도 좋으니까 어머니가 이 모습을 봐주신다면, 어머니가 돌아가실 때 제가 약속한 대로 이 아이들의 어머니 노릇을 잘하고 있다는 걸 봐주신다면, 하고 간절히 기원한답니다. 그리고 마음 깊은 곳에서 이렇게 말하죠. '어머니, 이 어린 동생들에게 어머니처럼 해주지 못해서 죄송해요. 하지만 저, 최선을 다하고 있어요. 모두 옷도 제대로 입혀주고 먹는 것도 부족함을 느끼지 않도록 하고, 아니, 그런 것보다도 우선 사랑을 듬뿍 주며 귀여워하고 있어요. 모쪼록 우리의 화목한 모습을 보아주세요. 어머니, 어머니는 아이들의 행복을 임종 직전에 애절한 눈물로 하늘에 기원하셨는데, 이 모습을 보신다면 하느님께 진심으로 감사를 드리고 하느님을 찬미하시게 될 거예요.'」

뭐라고 해야 할까, 빌헬름. 이 말을 되풀이할 수 있는 사람은 없다네. 이렇게 천사 같은 마음씨를 차갑게 죽은 문자가 어찌 표현할 수 있으리. 이때 알베르트가 살짝 끼어들었다네.

「로테, 너무 흥분하면 안 돼요. 당신의 마음이 그러한 생각에 기울기 쉽다는 건 알지만 부탁이니······.」

「아니요, 알베르트. 당신도 잊지 않고 있겠죠. 아버지가 여행으로 집을 비우신 사이, 어린아이들을 침대에 눕히고 나서, 우리 둘이 자그맣고 둥근 테이블을 사이에 두고 앉아 지낸 몇 날 밤을. 당신은 늘 좋은 책을 갖고 있었지만, 그것을 읽은 적은 거의 없었어요. ─그것은 우리 어머니의 거룩한 영혼과 접촉하고 싶어서가 아니었나요? 어머니는 정말 아름답고, 상냥하고, 명랑하고, 항상 쉬는 법이 없으셨죠.

제가 침대 위에서 하느님 앞에 몸을 던져 흐느끼면서 '하느님, 어떻게든 제가 어머니처럼 될 수 있도록 도와주세요' 하고 기도한 것은 하느님이 잘 알고 계실 거예요.」

나는 로테 앞에 몸을 구부려 손을 잡고는 눈물을 떨구었다네.

「로테, 신의 축복이 당신과 어머니의 영혼 속에 깃들어 있어요.」

「당신이 어머니를 보셨다면.」

로테는 내 손을 꽉 잡았어.

「당신께 보여드릴 수만 있다면.」

아찔해지는 것 같았지. 이렇게 기쁜 말은 한 번도 들은 적이 없다네.

「그런 분이 막내아들이 태어난 지 6개월도 되기 전에, 아직 한참 사셔야 할 나이에 돌아가시다니……. 그리 오래 앓지는 않으셨어요. 침착하게 모든 걸 준비하고 계셨지만, 단지 아이들, 특히 제일 어린것을 걱정하셨죠. 임종이 가까워졌을 때 아이들을 데려와 달라고 하셔서, 제가 머리맡에 모두 모이게 했어요. 어린아이들은 영문을 몰라 어리둥절해하고 큰 아이들은 서성거리기만 했는데, 모두 침대 곁에 모이자 어머니는 손을 들어 아이들을 위해 기도를 올렸어요. 그리고 한 사람씩 입을 맞추고 물러나게 한 후, 저에게 이렇게 말씀하시는 거예요. '저 아이들의 어머니가 되어주렴.' 저는 약속의 표시로 어머니의 손을 잡았죠. '결코 쉬운 일이 아니란다. 어머니의 마음과 어머니의 눈이 있어야 하니까. 어머니가 된다는 것이 어떤 것인지 너는 이미 잘 알고 있지? 너의 감사의 눈물을 보면 알 수 있단다. 자, 동생들에게는 어머니처럼, 그리고 아버지께는 순종하는 마음으로 성실하게 아내의 도리를 다해야 한다. 잘 위로해드리고.' 어머니는 아버지 일을 물으셨지만, 아버지는 밖에 나가 계셨어요. 왜냐하면 어머니를 잃어야 하는 괴로움을 견딜 수 없었던 거예요. 아버지는 어찌할 바를 모르고 계셨죠. 알베르트, 당신은 방에 있었죠. 어머니가 누군가의 발소리를 듣고 누구냐고 물으시더니, 당신을 가까이 불러서 당신과 나를 가만히 바라보셨어요. 아주 평온하고 안심이 되는 얼굴로 바라보시는 모습이 마치 우리 두 사람이 하나가 되어 행복하게 잘 살 거라고 말씀하시는 것 같았죠.」

알베르트는 로테의 목을 감싸안고 입을 맞추었다네.

「그래, 우리는 행복해요. 그리고 앞으로도 그럴 것이오.」

좀처럼 침착성을 잃지 않는 알베르트가 완전히 평정을 잃고 말았다네. 나는 정신을 차릴 수가 없었지.

「베르테르, 이러한 제 어머니가 돌아가신 거예요. 어떻게 말하면 좋을지. 저는 곧잘 이렇게 생각하죠. 내 생애에서 가장 사랑하는 사람을 영원히 빼앗겨버리다니, 어떻게 이럴 수가 있을까? 아이들은 그 괴로움을 생생하게 느낀답니다. 어린아이들은 어머니가 돌아가신 후에도 오랫동안 검은 남자들이 엄마를 데리고 가버렸다고 슬퍼했어요.」

로테는 일어섰다네. 나는 깊은 감동에 젖어 앉은 채로 로테의 손을 잡고 있었지.

「이제 돌아가요, 너무 늦었어요」 하고 로테는 손을 잡아 빼려고 했지만 나는 더욱 세게 부여잡았어.

「우리는 다시 만날 겁니다. 그렇고 말고요. 어떤 모습을 하고 있어도 알아볼 수 있어요. 나는 갑니다. 기꺼이 갑니다. 하지만 영원히는 싫어요. 안녕, 로테. 잘 가요, 알베르트. 다시 만납시다.」

「내일 말이죠」 하고 로테는 농담을 던졌다. 내일이라는 말이 가슴을 찌르더군. 로테는 나에게서 손을 뺄 때 그것을 눈치 채지 못했지. 두 사람은 가로수 길 저편으로 가버렸다네. 나는 그 자리에 서서 달빛 속에 두 사람의 뒷모습을 보내고 있었지. 그리고 땅에 웅크리고 앉아 울었어. 벌떡 일어나 위로 올라가 아래를 내려다보니, 저쪽 높은 보리수 그늘 아래 정원 문을 향해 걸어가는 로테의 하얀 옷자락이 어렴풋이 빛나고 있더군. 나는 두 팔을 뻗쳤다네. 그러나 로테의 모습은 사라져버렸어.

Die Leiden des
jungen Werthers

2장

1771년 10월 20일

어제 우리는 이곳에 도착했다네. 공사(公使)는 건강 상태가 좀 나빠 이삼일은 움직이지 못할 거야. 공사가 불친절하지만 않아도 만사형통일 텐데, 아무래도 운명은 나에게 가혹한 시련을 주려고 하는 것 같아. 그러나 힘을 내야지. 마음을 가볍게 가지면 어떤 일도 헤쳐나갈 수가 있으니. 마음을 가볍게? 이런 말이 나오다니 우습군. 제발 조금이라도 내가 가벼웠으면 좋겠어. 그럼 이 세상에서 가장 행복한 사람이라 할 수 있을 테니 말이야. 어찌된 일일까? 하잘것없는 힘과 재능을 가진 사람들이 잘난 척하며 내 면전에서 뻐기고 있는데, 나는 내 힘과 재능에 절망하고 있다니. 신이여, 당신은 나에게 모든 것을 주셨으면서 어째서 그 반을 자신감과 자족으로 채워주지 않으셨나요?

참는 것이 제일이야. 참고 있기만 하면 모든 일이 잘 풀릴 거야. 자네가 말한 대로일세. 매일 세상 사람들 속에 섞여 쫓겨다니고 사람들이 일하는 모습을 바라보고 있으면, 점차 나는 내 자신과 타협을 하게 돼. 확실히 우리는 만사를 자신과 비교하고 자신을 만사에 비교하도록 되어 있기 때문에, 행불행은 우리가 비교하는 대상에 따라 정해지는 것이지. 때문에 고독이 제일 위험한 것이다. 우리의 상상력은 보다 높은 것을 향하려는 본성에 부채질되고 또, 문학적인 공상이 더해져 존재의 한 계열을 만들어내지. 우리는 그 계열의 제일 아래에 있으면서, 우리 이외의 것은 전부 우리보다 훌륭해 보이고 누구든 우리보다 완전하다는 식으로 생각하기 쉬워. 과연 그럴 것이야. 우리는 곧잘 이렇게 생각하지. 우리에게는 여러 가지 것이 결핍되어 있다. 그리고 우리에게 결핍되어 있는 것은 모두 타인이 갖고 있다. 뿐만 아니라 우리는 타인에게 우리가 갖고 있는 것까지 주고, 덤으로 일종의 이상적인 편안함까지 준다. 이렇게 해서 행복한 사람이 한 명 완성되는 것인데, 사실 이것은 우리 자신의 창작에 불과하지.

이에 반해 우리가 아무리 약하고 뼈가 으스러지는 한이 있어도 곧바로 앞으로 나아갈 때는 우리의 발길이 휘청휘청하고 느릿느릿해도, 돛이나 노를 사용해서 나아가는 타인보다 먼저 가는 일이 있다는 것을 절실히 느끼게 된다네. ─ 그리고 ─ 다른 사람들과 나란히 나아가든가, 혹은 한 걸음 더 앞으로 나아갈 때야말로 진정한 자기 감정이 생겨나는 것이라네.

11월 26일

어쨌든 그럭저럭 여기에 정착할 수 있을 것 같네. 일이 산
더미처럼 쌓여 있는 것이 무엇보다 고마운 일이야. 그리고
각양각색의 잡다한 인간들, 새롭고 다채로운 인간들이 내
눈앞에서 활발한 연극을 펼치고 있지. C 백작이라는 사람과
알게 되었다네. 만나면 만날수록 존경스러워지는 사람이야.
학식이 높고 생각이 확실한 한편, 시야도 넓어서 냉정하지
가 않다네. 교제를 해보면 우정이나 애정이란 감정에도 소
홀하지 않다는 것을 잘 알 수 있지. 백작에게 들어온 일을
해주면서 두세 번 얘기를 나누었다네. 우리는 서로 잘 이해
할 수 있고, 나라면 다른 사람들과 할 수 없을 얘기도 털어
놓을 수 있다는 것을 알았는지 나를 크게 평가해주고 있어.
나 역시 백작의 스스럼없는 태도가 마음에 든다네. 타인을
향해 흉금을 터놓는 대범한 영혼을 보는 것만큼 진정 따뜻
한 기쁨을 가져다주는 것은 이 세상에 없을 거야.

12월 24일

예상은 했지만 공사는 실로 마음에 안 드는 남자야. 이렇
게 좀스러운 바보는 본 적이 없어. 그 좀스러운 입에서 나오
는 잔소리라니, 정말 시어머니가 따로 없다네. 결코 자기 자

신에게 만족할 줄을 몰라. 때문에 무엇을 해주어도 고마운 줄을 모르지. 나는 일을 깨끗하게 끝내고, 일단 마친 일은 나중에 자꾸 되풀이하지 않는 성격이지. 그런데 공사는 내가 제출한 초고를 쑥 내밀더니 이렇게 말하지 뭐겠나.

「이 정도도 괜찮지만 다시 한 번 훑어봐 주기 바라네. 더 적당한 문구, 더 좋은 단어가 반드시 있을 거야.」

내가 감히 무슨 말을 할 수 있겠나. '와' 라는 조사 하나, 접속사 하나 빠지면 안 된다네. 내가 즐겨 사용하는 도치법은 아주 싫어하지. 복합문은 보통 형태로 다시 풀어 쓰지 않으면 전혀 의미를 파악하지도 못해. 이러한 인간을 상대하지 않으면 안 된다니 정말 비극이다.

C 백작의 신뢰가 그것을 보상해주는 유일한 것이라네. 얼마 전에도 공사의 느린 일 처리와 신중함에 대한 불만을 나에게 솔직하게 털어놓더군.

「그런 사람들은 자신은 물론이요, 타인까지도 난처하게 하지요. 그러나 산을 반드시 넘어야 한다면 어쩔 수 없이 넘어야 하지 않겠소. 거기에 산이 없으면 여정은 물론 더 쾌적할 것이고 거리도 짧아지겠지만, 현재 산이 있으니까 넘지 않으면 안 되는 것이지요.」

백작이 나에게 호감을 갖고 있는 것을 공작 할아범도 짐작하고 있는 듯, 몹시 신경에 거슬려 한다네. 그래서 기회가 있을 때마다 나에게 백작의 험담을 늘어놓지. 물론 나는 그것에 반박하니까 사태는 악화될 뿐이고. 어제 같은 날은 정

말 참을 수 없이 화가 치밀더군. 백작의 험담을 하고는 나까지도 거기에 빗대어 빈정대지 뭔가. 백작은 이런 세속적인 잡무에는 상당히 능숙하고 일 처리도 빠르며 글도 잘 쓰지만, 문장가가 늘 그러하듯이 깊은 학식은 없다고 말하고는, '어때, 내 말뜻이 뭔지 알겠어?' 하는 듯한 표정을 짓지 않겠나. 하지만 어디 내가 그런 빈정거림에 요만큼이라도 신경을 쓸 위인인가. 그런 식으로 행동하는 인간은 경멸해 마땅하니까 나도 질세라 매섭게 쏘아붙였지.

「백작은 존경하지 않을 수 없는 분입니다. 인격이나 견식 모두 나무랄 데가 없는 분이죠. 백작만큼 훌륭하게 자신의 지식을 확대해 무수한 사물에 접목해가면서, 또 세속적인 생활도 하찮게 여기지 않고 존중할 줄 아는 사람은 본 적이 없습니다.」

이런 말을 해봤자 공사에겐 쇠귀에 경 읽기겠지. 쓸데없는 언쟁을 질질 끌어봤자 기분만 나빠질 것 같아 서둘러 자리를 떴다네.

일이 이렇게 된 것도 모두 자네들 책임일세. 듣기 좋은 말로 나에게 고삐를 채우고, 무턱대고 활동을 찬미한 것은 어쨌든 자네들이니까 말이지. 감자를 심거나 말을 끌고 마을에 곡식을 팔러 나가는 사람들이 차라리 나보다 낫네. 내 말이 틀리다면 나는 지금 이렇게 묶여 있는 노예선 위에서 몇십 년이라도 거뜬히 버티겠어.

게다가 서로 노려보고 있는 외관만 번쩍거리는 불쾌한 사람들의 비참함, 따분함, 다른 사람을 짓밟고 한 치라도 더 위에 서고 싶어 호시탐탐 기회를 노리고 있는 그들의 지위욕, 그리고 가련히 여겨야 할 비열하고 노골적인 욕망으로 말할 것 같으면……. 예를 들어 어떤 여자는 항상 자신의 높은 가문이나 고향의 자랑을 늘어놓고 있지. 듣고 있는 사람은 그 정도 가문이나 고향의 평판을 가지고 마치 보석 단지라도 되는 양 자랑을 하다니, 별 바보 같은 여자가 다 있다고 생각하지 않을 수 없는데—그 여자는 바로 이 근처 서기의 딸이라네.—어떤가 자네, 이렇게 부끄러움을 모르고 뻔뻔할 정도로 분별이 없는 인간들을 나는 이해하기가 힘드네.

하기야 자신의 척도로 타인을 재는 어리석음은 나도 점차 인정하고 있다네. 또 나는 내 몸 하나 주체하지 못하는 형편인 데다 심장도 이렇게 격하게 고동치고 있으니,—그들이 나를 간섭만 하지 않는다면 나는 기꺼이 그들이 하고 싶어 하는 대로 내버려두겠어.

가장 화가 치밀어 오르는 것은 이 숙명적인 사회 환경이라네. 물론 나 역시 신분의 차이라는 것은 필요하고 그것이 나 자신에게 이익을 가져다주고 있다는 건 남들만큼 인정하는 바야. 하지만 내가 이 인생에서 그래도 조금의 기쁨, 얼마 안 되는 행복을 맛보려고 할 때만은 신분의 차이 따위에 방해받고 싶지 않은 것이지. 최근 산책하러 나갔을 때, B라는 여자를 알게 되었네. 이 삐걱거리는 세상에 살고 있어도 상당히 솔직한 면을 지니고 있는 좋은 여자야. 애기를 나누는 동안에 마음이 잘 통하기에, 헤어질 때 나중에 한번 찾아가도 좋겠느냐고 했더니 「물론이죠」라고 하더군. 그때를 애가 타게 기다렸을 정도라네. 그녀는 이 고장 사람이 아니야. 숙모 집에 살고 있지. 그 숙모의 표정은 마음에 들지 않더군. 나는 그 숙모라는 사람에게 간단히 경의를 표하고 주로 얘기를 그쪽으로 향했지. 30분도 되기 전에 나는 상당한 것을 파악할 수 있었는데, 나중에 B양의 입에서 들은 것과 대체로 맞아떨어졌다네. 그 나이에 이렇다 할 재산도 없고 재주도 없어 궁핍한 생활을 하고 있다고 하더군. 조상의 혈통이나 자신이 틀어박혀 있는 신분 외에는 의지할 것도 없고, 2층에서 길을 걷고 있는 평민들의 머리를 내려다보는 일 외에는 아무 즐거움도 없다는 거야. 젊었을 때는 꽤 예뻤기에 재미도 많이 보고, 변덕스런 성격으로 뭇 청년의 속을 끓이기도 했는데, 나이가 들어 어느 노사관과 함께 살게 되면서 얌전해졌다고 하네. 이 군인은 풍족한 생활비 대신 아내의 순종을 손에 넣어 40대의 삶을 그녀와 보내고 죽었다고 하지. 이미 50줄에 접어들었는데 혼자 남았다네. 조카딸이 이렇게 사랑스럽지 않았다면 아마 쳐다보는 사람도 없었을 거야.

1772년 1월 8일

이곳 사람들로 말할 것 같으면 의례적인 일 이외에는 어떤 것도 머릿속에 없고, 노상 생각하는 거라곤 그저 어떻게 하면 식탁에서 한 자리라도 윗자리를 차지할까 하는 것뿐이라네. 그렇다고 다른 일이 없느냐? 결코 그렇지가 않아. 쓸데없는 것에만 신경을 쓰고 있으니, 중요한 일은 손도 대지 못한 채 산더미처럼 쌓여 있는 것이지. 지난주에도 썰매 타기 놀이에서 옥신각신 다툼이 일어나는 바람에 모처럼의 즐거움이 엉망이 되어버렸다네.

이 멍청한 자들에겐 지위 따윈 애당초 문제가 아니야. 제일 윗자리를 차지했다고 반드시 제일 윗사람 역할을 할 수 있는 건 아니라는 사실을 모르니까. 대체로 왕이란 것은 대신들에 의해 좌지우지되고, 대신은 비서관의 손아귀에서 놀아나지. 그렇게 되면 결국 누가 제일 윗사람이 되겠는가? 그것은 상대를 장악하고 상대의 힘이나 정열을 자신의 계획 수행을 위해 마음대로 주무를 수 있는 권력 내지는 책략을 갖고 있는 사람이 아니겠나?

1월 20일

사랑하는 로테, 편지를 쓰지 않고는 견딜 수가 없었습니다. 나는 휘몰아치는 폭풍을 피하여, 지금 가난한 농가의 방 안에 와 있습니다. 그동안은 내 쓸쓸한 보금자리 D에서 영 마음이 내키지 않는 낯선 사람들 사이를 서성이다 보니, 편 지를 쓰려는 마음이 도무지 일지 않았던 것이죠. 하지만 지 금 이렇게 오두막 안에서 외로이, 작은 유리창을 때리는 눈 보라 속에 갇혀 있으니 제일 먼저 당신이 떠오르는군요. 그 속에 한 발자국 내딛자마자 로테, 당신의 모습, 당신의 추억 이 이렇게도 선명하게, 이렇게도 절실히, 그 최초의 행복했 던 순간과 함께 되살아납니다.

방심의 물결에 부딪혀, 온 감각이 바싹 메 말라 버린 내 꼴을 보신다면……. 내 가슴 은 한껏 부풀어오르는 순간도, 행복을 느끼는 순간도 전혀 없습니다. 나는 요지경 앞에 서서, 사람이나 말 이 돌아다니고 움직이는 것을 바라보면서, 이게 모두 허상 이 아닌가 스스로 묻곤 한답니다. 나도 그 허상 중 하나가 되어, 아니 꼭두각시처럼 조종되고 있으면서 때때로 이웃 사람의 딱딱한 나무 손과 부딪치기라고 하면, 움찔하여 뒤 로 물러나는 것입니다. 밤이 되면 '내일은 해돋이를 봐야지' 하고 생각하지요. 그러나 막상 아침이 되면 일어날 생각이 들지 않습니다. 낮에는 낮대로 '오늘밤에는 달빛을 감상해 야지' 하고 생각하지만, 정작 밤이 오면 방에 틀어박힌 채 움직이질 못합니다. 왜 일어나는지, 왜 잠을 자는지조차 모 르겠습니다.

이제껏 내 생활을 발효해주고 있던 효모가 없어진 것입니다. 한밤중이면 나에게 힘을 부여해주고, 아침마다 나를 흔들어 잠에서 깨워준 자극이 이제는 영영 모습을 감춘 것입니다.

B라는 아가씨를 알게 되었습니다. 당신을 닮았죠. 만약 누군가가 당신을 닮을 수 있다면요. 치켜세우기도 잘한다고 할지 모르겠지만, 정말입니다. 얼마 전부터 나는 실로 예의 바른 청년이 되었어요. 그렇게 하지 않을 수 없으니까요. 농담도 곧잘 하죠. 여자들은 나만큼 칭찬을 잘하는 사람도 없다고 합니다.(「그리고 거짓말 하는 것도요」라고 덧붙여도 괜찮아요. 거짓말을 하지 않고는 가능한 일이 아니니까요) B 양의 얘기를 하려고 했었죠. 그녀의 푸른 눈동자를 보면 얼마나 풍부한 감성을 지녔는가 하는 것을 알 수 있지요. 자신의 신분에 대해 힘들어하고 있어요. 마음의 소망을 하나도 들어주지 않기 때문이라더군요. 그녀는 속물 같은 사회에서 벗어나고 싶어해요. 우리는 교외로 나가 순수한 마음으로 즐겁게 이런저런 잡다한 얘기를 서로 나누면서 시간을 보내는 일이 자주 있습니다. 그리고 당신에 관한 얘기도 합니다. 그녀는 당신을 사모하고 있어요. 누가 시켜서가 아니라 자연히 그렇게 된 것입니다. 당신을 좋아하고 당신의 얘기를 몹시 듣고 싶어한답니다.

그 그리운 방 안에서 당신의 발밑에 앉아 쉴 수 있다면. 그 귀여운 아이들이 내 주위를 맴돌고 있다면. 당신이 너무 시끄럽다고 하시면 무서운 얘기를 꺼내서 모두들 조용히 내 주위에 모이게 하겠습니다.

흰 눈이 반짝이는 저 들판 끝에 뉘엿뉘엿 해가 저물어가고 있어요. 폭풍은 잠들었습니다. 그리고 나는-다시 본래의 보금자리로 돌아가지 않으면 안 됩니다.-그러면 안녕. 알베르트는 함께 있나요? 어떻게 지내나요?-아니, 나도 참 괜한 것을 물어봤군요.

2월 8일

일주일 내내 험상궂은 날씨였지만 나에게는 차라리 고마운 것이었네. 왜냐고? 여기에 온 이래로 날씨가 좋아 기뻐하고 있으면, 꼭 누군가에게서 불쾌한 일을 당하게 되거든. 비가 마구 쏟아진다든가 눈보라가 몰아치는 날, 혹은 서리가 내린다든가 눈이 녹아 땅이 질퍽거리는 날에는- '야, 고마운 일이로군. 밖에 나가야 별 볼일 없을 테고, 혹은 그 반대라도 마찬가지일 테니 잘됐어' 라고 생각한다네. 아침에 태양이 높이 뜨고 날씨가 좋을 듯하면 나는 「자, 이제 놈들이 서로 빼앗으려 하는 하늘의 선물이 내려오는구나」라고 외치지 않을 수 없지. 건강, 명성, 희열, 휴양. 그들은 대체로 비열하고 무지하고 도량이 좁기 때문에 그러한 것을 들으면

서둘러 주판알을 튀기니까 말이지. 어떤 때는 제발 부탁이니까 그렇게 서로 뱃속을 긁어대는 짓은 그만두라고 넙죽 엎드려 애원이라도 하고 싶다네.

2월 17일

아무래도 공사와 나의 관계는 슬슬 위험 수위를 넘고 있는 것 같아 걱정스럽다. 정말 참기 힘든 인간이야. 무슨 일을 하든, 어떤 사무를 처리하든 괴상하기 짝이 없다네. 나는 도저히 참을 수 없어 이의를 제기하고 나름대로 재빨리 일을 처리해버리는데, 그렇게 하면 물론 공사는 심기가 불편해져 얼굴이 일그러지지. 요전에는 궁정에 호소를 한 것 같아. 대신으로부터 잔소리 비슷한 걸 들었다네. 완곡하기는 하나, 잔소리임에는 틀림없지. 어쩔 수가 없어 사직서를 제출할까 하고 생각하던 차에, 대신으로부터 사신(원주 : 이 훌륭한 인물에 대한 경외심에서, 여기에 말한 서간 및 후에 언급할 또 한 통의 서간은 이 문집에 싣지 않기로 한다. 굳이 게재하면 독자의 가장 뜨거운 감사도 이 결례를 보상하기에는 충분치 않을 것이라고 생각하기 때문이다)을 받았다네. 이것을 읽고 나자, 무릎을 꿇어 대신의 고매하고 현명한 마음에 절을 하고 싶어지더군. 대신은 내 신경과민을 타이르면서도, 내 행동이 타인에게 미치는 영향과 철저한 사무 처리에 대해 품고 있는

과격한 사고를 뿌리째 뽑으려 하지 않고, 청년답고 기운차
다고 존중해주었다네. 그리고 그것을 좀 누그러뜨려 진가를
발휘함으로써 더욱 힘차게 활동할 수 있도록 방향을 잡으라
고 조언해주었다네. 그래서 한 일주일 가량 그것에 힘을 얻
어서 기분 좋게 일을 정리할 수 있었지. 영혼의 평
정이라, 이것은 귀중한 것이다. 자기 자신에 대
한 기쁨이니까 말이지. 단지 이 귀중하고 아름
다운 보석이 너무 쉽사리 깨지지 않는다면 좋겠
는데……

2월 20일

　신이여, 두 사람에게 축복을 내려주시길. 내가 받지 못한
모든 행복한 나날을 두 사람이 가질 수 있도록.
　고맙소, 알베르트. 나를 속여줘서. 실은 당신과 로테의 결
혼 소식을 기다리고 있었습니다. 소식을 알려오면 그날은
아주 엄숙하게 로테의 실루엣을 벽에서 떼어내, 다른 쓰레
기와 함께 버리려고 마음먹고 있었지요. 이제 두 사람은 부
부가 됐는데 로테의 그림자는 여전히 벽을 장식하고 있답니
다. 그대로 놔두기로 하겠어요. 안 될 이유도 없으니. 확실
히 나도 당신들과 함께입니다. 당신에게 폐를 끼치지 않고
도 나는 로테의 마음속에 있으니까요. 그래요, 두 번째 자리

를 차지하고 있는 것이지요. 나는 그 자리를 계속 유지할 생각입니다. 그렇게 하지 않을 수 없어요. 만에 하나라도 내가 로테에게서 잊힌다면, 나는 미쳐버릴 겁니다. ―알베르트, 이런 생각을 하면 나는 지옥의 불길 속으로 한없이 떨어지는 느낌입니다. 잘 있어요, 알베르트. 하늘의 천사여, 안녕. 로테, 안녕.

3월 15일

참으로 어처구니없는 일을 당했어. 이제 더는 여기에 있을 수 없을 것 같네. 이를 악물어 보지만 제기랄, 이 불쾌함을 어떻게 보상받아야 할지. 모두 자네들 책임일세. 어서어서 하면서 나를 부추기고, 내키지 않는 지위에 몰아넣어 괴롭힌 것은 자네들이니까. 그래 내 뭐라 했나. 여기에서 또 내 신경과민 탓이라는 둥 핀잔을 듣고 싶지 않으니, 어찌된 일인지 연대를 기록하듯 간단하게 줄거리를 요약해주겠네, 빌헬름.

C 백작은 나를 믿고 총애하고 있다네. 그것은 주위에도 알려져 있고 이미 몇 번이나 자네에게도 말한 바가 있지. 어제는 백작으로부터 점심 식사에 초대를 받았다네. 그런데 그날은 공교롭게도, 밤에 백작 집에서 신분이 높은 사람들만의 모임이 열리게 되어 있었지. 나는 그 사실을 전혀 알지

못했고, 우리처럼 신분이 낮은 자는 모임에 섞일 수 없다는 것도 깨닫지 못하고 있었어. 어쨌든 나는 백작의 말 상대를 하면서 식후에는 백작과 둘이서 큰 객실을 거닐며, 때마침 방문한 B 대령과 얘기를 나누고 있었다네. 점차 밤의 연회 시간이 다가오고 있었는데도 나는 멍청하게 전혀 눈치 채지 못하고 있었지. 어느덧 큰 객실에 그 이름도 고귀한 S 부인이 부군과 함께 알에서 갓 부화한 거위 새끼 같은 딸을 데리고 납시었다네. 납작한 가슴에다 몸은 코르셋으로 바짝 조인 아가씨였지. 집안 대대로 내려오는 오만한 눈초리에다 콧대를 하늘 높이 치켜들고 지나가기에, 나는 속으로 마음에 들지 않아 그만 자리를 뜨려고 생각했다네.

그래서 오로지 백작의 지루한 얘기에서 해방되기만을 기다리고 있는데, 안면이 있는 B 양이 나타나지 뭐겠나. 나는 이 아가씨를 만나면 늘 기분이 좋아지기 때문에 그곳을 떠나지 않고 그녀의 의자 뒤에 서 있었지. 그런데 잠시 후 눈치 챈 것이지만, 뭔가 얘기하는 모습이 그녀답지 않게 어색하고 아무래도 기분이 좋지 않은 듯한 느낌이었어. 이거 이상하다고 생각하며, 이 아가씨도 다른 무리와 조금도 다를 바가 없나 싶어 화가 나서 돌아가려고 했다네. 하지만 내 오해일 수도 있기에 다시 마음이 유쾌해지는 한마디를 고대하며 그 자리에 머뭇거리고 있었지.

어쨌든 그 사이에 점차 손님들이 모여들었다네. 프란츠 1세의 대관식 당시 의상을 죄다 걸치고 나선 F 남작, 여기에서는 직무상 이름에 폰을 붙여 불리는 궁중 고문관 R과 귀가 잘 들리지 않는 그의 부인, 그리고 구멍 난 고대 프랑크족 의상에 최신 유행하는 천을 받쳐 꿰맨 듯한 조잡한 차림의 J도 얼굴을 나타냈다네. 이러한 사람들이 자꾸자꾸 몰려오고 있었지. 나는 몇몇 아는 얼굴과 얘기를 나누었는데, 모두 상당히 말수가 적다고 생각하며 B 양에게만 주의를 기울이고 있었다네. 그런데 여자들이 객실 한구석에서 수군수군하더니, 그것이 남자들 사이에 퍼지고, S 부인이 백작에게 뭔가 귀엣말을 하더니만(이것은 모두 나중에 B 양으로부터 들은 것이라네), 백작이 내 쪽으로 성큼성큼 걸어와 나를 창가로 데리고 가는 거야.

「자네도 알 거라고 생각하네만, 우리의 관례가 좀 묘해서 말이야. 모여 있는 손님들은 자네가 여기에 있는 게 마음에 좀 걸리는 모양일세. 나는 결코 아무렇지도…….」

「각하」 하고 나는 말허리를 끊었어.

「뭐라 죄송하다는 말씀을 드려야 할지 모르겠습니다. 정말 깜박했습니다. 부디 제 실수를 너그러이 용서해주시기 바랍니다. 더 일찍 물러나려고 생각했지만, 저도 모르게 그만 오래 머물게 되었습니다.」

나는 웃는 얼굴로 이렇게 말을 덧붙이고 인사를 했다네. ─백작은 내 손을 잡았어. 백작의 마음은 나에게 충분히

전달되었지. 나는 이 고상한 집회에서 살짝 빠져나와, 말 한 필이 끄는 마차를 M으로 달리게 했다네. 언덕을 올라 저물어가는 태양을 바라보며 호메로스를 펼쳐 들고, 오디세우스가 유능한 돼지치기의 대접을 받는 멋진 구절을 읽었지. 모두 훌륭했어.

저녁때 식사를 하려고 단골 음식점에 들르니, 식당에는 두세 명 가량의 남자들이 구석 자리에 앉아 식탁보를 벗기고 주사위를 굴리고 있더군. 그곳에 솔직한 아델린이 찾아와 모자를 벗더니, 내 모습을 보고는 곁에 다가와서 작은 목소리로 이렇게 말하는 거야.

「좋지 않은 일이 있었다면서요?」

「내가요?」

「백작에게서 쫓겨났다고 하던데.」

「한밤중의 파티 같은 건, 내 쪽에서 사양하고 싶답니다. 빠져나오게 돼서 오히려 다행이에요.」

「그래요, 당신이 그렇게 대수롭지 않게 생각한다면 상관없죠. 단지 모두들 벌써 소문을 쫙 퍼뜨리고 쑥덕거리는 것이 괘씸해서 말이죠.」

그 말을 듣고 나는 처음으로 속이 끓어올랐다네. '식사를 하러 온 녀석들이 그래서 나를 힐끔힐끔 쳐다본 거로군' 하고 생각하니 전신의 피가 거꾸로 솟는 듯한 느낌이었지.

그것뿐이라면 또 모르겠어. 오늘 나는 가는 곳마다 동정 받는 신세가 됐다네. 전부터 나를 시샘하던 놈들이 쾌재를 부르면서, 머리깨나 있다고 뻐기더니 꼴 좋다는 둥, 머리만 믿고 전통 따위 무시하는 거만한 놈의 결말이 이렇다는 둥, 그 외 갖은 욕설을 늘어놓는 것을 듣고 있자니―단검으로 내 심장이라도 푹 찌르고 싶은 심정이었어. 흔히 한 귀로 듣고 한 귀로 흘려버리라는 말을 하는데, 자신의 유리한 지위를 이용해 남을 비난하는 비겁한 놈들에게 이러쿵저러쿵 말을 듣고 참을 수 있는 사람이 있다면 나와 보라지. 그것이 밑도 끝도 없는 횡설수설이라면 무시해버릴 수도 있겠지만 말이야.

3월 16일

모든 일이 나를 초조하게 한다네. 오늘 가로수 길에서 B 양을 만났어. 나는 사람들에게서 좀 떨어지자 흥분을 억누르지 못하고 전날 그녀의 태도에 대한 불만을 표명했지.

「어머, 베르테르 씨」 하고 그녀는 안타까운 듯이 이렇게 말하더군.

「제 마음을 알고 계시면서 그때의 일을 그런 식으로 받아들이셨나요? 전 객실 문턱에 발을 들여놓았을 때부터 당신 일로 몹시 마음이 아팠어요. 처음부터 모두 알고 있었으니까요. 몇 번이나 당신에게 말씀드릴까 생각했지요. S 부인, T 부인 할 것 없이 모두 입을 모아 당신과 동석하니 차라리 돌아가 버리겠다고 하고, 백작 역시 이 사람들과의 관계가 거북해지는 건 바라지 않는다는 것쯤은 잘 알고 있었어요. —그래서 지금 이 소동이 난 거예요.」

「뭐라고요, 아가씨?」 하고 나는 우선 시치미를 떼긴 했지만, 바로 어제 아델린으로부터 들은 말 하나하나가 그 순간 내 혈관 속에서 부글부글 끓기 시작했다네.

「지금까지 제가 얼마나 괴로웠는지 몰라요」 하며 이 심성 고운 아가씨는 눈물을 머금더군. —나는 자신을 억제하지 못하고 그녀의 발밑에 몸을 던질 것 같았다네. 「얘기해줘요」 하고 나는 외쳤지. 눈물이 그녀의 볼을 타고 흘러내렸어. 나는 나를 잊었다네. 그녀는 흐르는 눈물을 감추지 못하고 손수건으로 닦으며 「알고 계시죠, 저의 숙모를」 하고 얘기를 시작했지. 겨우 마음이 가라앉은 모양이었어.

「그때 숙모도 저와 함께 있었죠. 그런데 어찌나 당신을 노려보던지. 베르테르 씨, 지난밤 내내 저는 호되게 야단을 맞고, 아침에도 당신과 만나지 말라는 설교를 귀에 못이 박히도록 듣고 왔답니다. 숙모가 당신을 나쁘게 보고 마구 깎아내리는 데도 저는 묵묵히 듣고 있어야만 했어요. 제대로 변호도 못 하고 말이죠. 변호할 수가 없었어요.」

그 한 마디 한 마디가 심장을 도려내는 듯했다네. 차라리 나에게 아무 말도 하지 말고 잠자코 있어주면 좋았을 텐데.

하지만 그녀는 그것을 깨닫지 못했는지, 계속해서 잡다한 소문이 퍼질 것이며, 일부 사람들이 그 때문에 개가를 부를 것이고, 타인에 대한 나의 경멸이나 오만(이것은 이미 오래전부터 비난받아왔던 점이다)이 응징되어 사람들이 모두 손뼉을 치며 좋아할 것이라는 말까지 덧붙여 얘기하지 뭐겠나. 빌헬름, 이러한 얘기를 진심 어린 목소리로 말하는 그녀의 입에서 듣다니—나는 한 대 얻어맞은 기분이었다네. 지금도 여전히 가슴이 끓어오르고 있어. 차라리 누군가가 정면으로 나를 비난한다면, 그런다면 나는 상대의 배에 칼을 꽂겠지. 피를 보면 내 마음도 다소 가라앉을 테니까. 이런 생각까지 하면서 실제 나는 몇 번이나 단검을 쥐고 이 가슴의 고통을 끊어버리려고 생각했는지 모른다네. 종자가 좋은 말은 심하게 다그치면 숨을 편하게 하기 위해 본능적으로 자신의 혈관을 물어뜯는다고 하지. 나도 때때로 그런 기분이 든다네. 혈관을 잘라내고 영원한 자유를 얻고 싶은 기분이.

3월 24일

　궁정에 사직원을 제출했다네. 아마 곧 소식을 듣게 될 거야. 미리 자네의 허락을 받지 않은 것은 미안하지만, 어쨌든 이곳에는 더 있을 수 없고, 게다가 자네는 내 생각을 바꿔보려고 무슨 말이든 할 것이라는 걸 잘 알고 있으니까. 어머니께는 잘 말씀드려주게. 나는 자신의 뒷감당도 제대로 못하는 놈이니까 어머니를 보살펴드리지 못하더라도 용서해주시기 바란다고. 물론 어머니는 슬퍼하시겠지. 어쨌든 아들이 추밀고문관이나 공사직을 목표로 애써 달려가던 아름다운 코스가 돌연 중단되어, 어린 말은 다시 마구간으로 돌아갈 수밖에 없게 됐으니 자네들이 어떻게든 위로를 해드리게. 이랬으면 유임될 수 있었을 것이라든지, 저랬으면 유임해야 했을 것이라든지 여러 가지 경우를 생각해볼 수 있겠지만, 어쨌든 나는 그만두네. 그리고 앞으로 내 행선지를 말하자면, 이곳에 ××공작이라는 사람이 있다네. 이 사람은 나와 마음이 통한다고나 할까. 내 의도를 듣고는 자신의 영지로 같이 가자고 하더군. 아름다운 봄을 그곳에서 지내면 좋을 것이라고 말이지. 마음껏 편히 지내게 해준다는 약속도 했고 서로 어느 정도 마음을 터놓을 수 있는 사이니, 어찌 됐든 이 사람을 따라가 볼 생각이라네.

4월 19일

추신

편지 두 통 잘 받았네. 사직원이 수리될 때까지, 동봉한 지난달 24일자 편지를 그쪽에 보내지 않고 있었기 때문에

답장이 늦어졌네. 어머니께서 대신에게 부탁해서 내 계획을 방해하시지 않을까 걱정이 되었거든. 그러나 이제는 괜찮아, 허가가 떨어졌으니. 궁정에서는 좀처럼 허가를 내주지 않으려고 했던 모양이야. 대신으로부터도 편지를 받았다네. —이 사실을 자네들이 알면 또 새로운 푸념을 늘어놓을 테지만. 황태자로부터는 퇴직 석별금으로 25두카텐을 받았다네. 황태자의 말씀에는 나도 감동의 눈물로 목이 메었지. 그러니 내가 지난번 편지로 어머니께 부탁한 돈은 이제 필요 없게 되었다네.

5월 5일

내일 여기를 떠난다네. 가는 도중 6마일쯤 떨어진 곳에 내가 태어난 곳이 있어서 오랜만에 그쪽에도 들러, 예전의 꿈과 같던 즐거운 시절을 회상해보려고 해. 아버지가 돌아가신 후, 어머니가 나를 데리고 현재의 견디기 힘든 마을로 끌어들이기 위해 빠져나온 그 문을 다시 들어가 봐야지. 자, 그럼 이만. 빌헬름, 도중에 다시 소식을 전하겠네.

5월 9일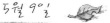

　순례자와 같은 경건한 마음으로 고향 순례 행진을 마쳤다네. 그리고 생각지도 못한 갖가지 감정에 사로잡혔지. S로부터 마을 쪽으로 15분 가량 가면 커다란 보리수가 서 있는데, 나는 그곳에서 마차를 멈추게 한 다음 혼자 내리고, 마차는 그대로 달려가게 했다네. 걸어가면서 옛 추억을 다시금 생생하게 더듬어보려는 생각에서였지. 그리고 보리수 아래에 서보았어. 옛날 어릴 적에는 여기가 산책의 목적지가 되기도 하고 그 한계가 되기도 했었지. 그런데 변해버렸더군. 그 시절, 행복하고 순진했던 나는 미지의 세계를 동경하였고, 그 속에서 설레는 가슴을 가득 채우고 만족시킬 풍부한 양분과 향락을 기대했었는데……. 지금 나는 넓은 세상에서 다시 이곳으로 날아 들어왔다네. 빌헬름, 희망이란 희망은 모조리 무너지고, 계획이란 계획은 산산조각이 났어. 옛날엔 저편에 보이는 저 산에게도 내 소망을 기원했었지. 항상 여기에 앉아 산 저편을 동경하고, 눈앞에 어렴풋이 부드럽게 비치는 숲이나 계곡에 나와 내 마음을 녹아들게 했었지. 그리고 집으로 돌아가야 할 시간이 되면 이 멋들어진 장소를 떠나기 싫어서 얼마나 안타까워했는지.

　나는 마을로 다가가서 눈에 익은 낡은 별장을 보고 진심 어린 인사를 보냈다네. 새로운 것은 마음에 들지 않더군. 내가 알던 것 외에 덧붙여진 변화는 모두 불쾌해 보였어. 문을 들어서자, 곧 옛날 그대로의 나로 돌아왔다네. 그러나 자잘한 것은 쓰지 않기로 하세. 내게 아무리 재미있어도 그것을 듣는 자네는 따분할 테니까. 잠자리는 우리가 옛날에 살았던 낡은 집 옆의, 광장에 면한 여관으로 정했다네. 지나는 길에 올곧은 노부인이 어린 우리를 밀어넣던 교실이 잡화점으로 바뀌어 있는 것을 알 수 있었지. 그 우리 안에서 내가 품고 있었던 불안과 눈물, 답답한 심정, 안타까움이 떠올랐어. —한 발자국 내디딜 때마다 주의를 끌지 않는 것은 없었다네. 성지 순례자라도 이렇게 많은 종교적인 추억의 장소를 만날 수는 없을 것이고, 그의 마음도 이렇게 종교적인 감동으로 가득 찰 수는 없을 것이야. —하고 싶은 말은 산더미 같지만 단 하나만 쓰기로 하겠네.

나는 강을 따라서 어떤 저택이 있는 곳까지 가보았다네. 이것도 내 산책로였지. 어떻게 하면 물수제비를 많이 뜰까, 납작한 돌을 이리 던지고 저리 던지며 놀았던 장소기도 하고. 옛 추억이 선명하게 되살아났다네. 나는 종종 여기에 서서 야릇한 예감을 품고, 흐르는 물을 따라 강 저편을 바라보았지. 이 흘러가는 강물 끝에는 어떤 곳이 있을까 상상의 나래를 펼치기도 했어. 물론 내 상상력은 곧 바닥이 드러나고 말았지만. 하지만 개의치 않고 보이지 않는 먼 곳을 마음에 그리다가 멍해지곤 했었네. —그렇지 않은가, 우리의 훌륭한 선조들은 그렇게 적은 지식밖에 없었어도 그렇게 행복했던 것이야.

그 감정, 그 문학은 그렇게도 순수했던 것이며, 오디세우스가 끝없이 펼쳐진 망망대해나 무한한 대지를 말했을 때, 그것은 실로 진실하고 인간적이고 절실하며 신비로운 것이었네. 오늘 내가 어린 학생들과 함께 지구는 둥글다고 남의 흉내를 낸들 그것이 무슨 의미가 있겠는가? 인간이 땅 위에서 맛보고 즐기기 위해서는 약간의 흙덩이만 있으면 충분하고, 그 밑에 드러눕기 위해서는 더 조금의 흙으로 충분한 것이라네.

드디어 공작의 별채에 와 있다네. 공작과는 기분 좋게 같이 지낼 수 있을 것 같아. 정직하고 단순한 사람이야. 주변 사람 중에는 내가 좀 이해하기 힘든 묘한 인간도 있더군. 악인으로 보이지는 않지만, 그렇다고 올바르다고 할 수도 없는 것 같아. 때로는 정직해 보이는 일도 있긴 한데, 역시 신용할 수 있는 사람들은 아닌 것 같다. 더욱이 유감스러운 것은 공작이 단지 사람들로부터 듣거나 책에서 읽은 것을 자신의 머리에서 나온 것인 양 얘기하는 것이라네.

게다가 공작은 내 마음보다도 내 머리나 재능 쪽을 더 높이 평가하고 있는데, 이 마음이야말로 내 유일한 자랑이며 모든 것의 근원이지. 모든 힘, 모든 행복, 그리고 모든 비참의 근원. 내가 알고 있는 것 따윈 누구라도 알 수 있는 것이지만—내 마음, 이것은 오직 나만이 갖고 있는 것이지.

실은 어떤 계획을 세워놓고 그것이 실현될 때까지 자네들에게 절대 말을 하지 않을 작정이었는데, 그것이 수포로 돌아가 아무 상관없게 되었다네. 전쟁터에 가려고 생각했었지. 오랫동안 생각해왔던 거야. 공작의 뒤를 따라 이곳에 온 것도 실은 그런 이유가 있었던 것이지. 공작은 ××에 근무하는 장군이라네. 산책 길에 털어놓았더니 만류하더군. 어쩌면 내 그런 마음도 변덕이었는지 몰라. 그게 정열로 인한 것이었다면 그가 예로 든 여러 가지 이유에 내가 귀를 기울이지 않았을 테니까.

자네가 무슨 말을 하든 더는 여기에 있을 수 없네. 여기에 있어봤자 어쩔 도리가 없어. 따분하다. 공작은 정말 잘해주지만 안정을 할 수가 없다네. 우리 두 사람 사이에는 결국 공통점이 없는 것이지. 공작은 이지적인 인간, 그러나 극히 평범한 사람이야. 공작과의 교제는 잘 쓰인 책을 읽는 것 이상의 재미를 주지 못한다네. 일주일은 더 있겠지만 그러고 나면 다시 정처 없는 나그넷길에 오른다. 여기에 있으면서 했던 일 중에 제일 좋았던 것은 그림을 그린 것이었지. 공작

139

은 예술을 잘 알고 있다네. 만약 그렇게 현학적이고 진부한 술어에 얽매이지 않는다면 더 잘 이해할 수 있을 텐데. 모처럼 마음을 담아 자연이나 예술 이야기를 재미있게 엮어보려 하면 틀에 짜인 술어로 진부한 의견을 토해내며, '어떠냐, 이것으로 단숨에 정리가 되었지?' 하는 얼굴을 하니 질리지 않을 수가 없다네.

6월 16일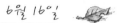

그렇다. 나는 방랑자에 지나지 않는다. 이 세상의 순례자다. 그러나 자네들이라고 그 이상의 것일까?

6월 18일

자네에겐 내 행선지를 밝히겠네. 앞으로 2주일은 여기에 머물러 있겠지만, 그 다음에는 ×× 광산으로 가보려 한다네. 고백하자면 이것도 구실인 셈이지. 그런 것은 아무래도 좋고, 나는 단지 조금이라도 로테에게 가까이 다가가고 싶은 것이라네. 그래, 문제는 내가 내 마음을 비웃으면서도 — 원하는 대로 내버려두고 있는 것이지.

아니 이것으로 좋아. 만사 이것이면 족해. —내가 만약— 그녀의 남편이었다면. 아아, 나를 만드신 신이시여, 당신이 만약 그와 같은 복을 나에게 부여하셨다면, 내 전 생애는 오로지 당신에 대한 찬미로 이어졌을 것입니다. 나는 불평을 하는 것이 아닙니다. 내 이 눈물을, 이 허무한 소원을 용서해주시기를. —그녀가 내 아내라면. 내가 이 세상에서 가장 사랑스러운 로테를 이 두 팔로 끌어안을 수 있다면. —몸이 떨린다, 빌헬름. 알베르트가 그녀의 가냘픈 허리를 안고 있다고 생각하면.

이런 말을 해도 괜찮을까? 나쁜 뜻은 없다네, 빌헬름. 로테는 나와 함께 있는 편이 훨씬 행복했을 거야. 알베르트는 로테의 소망을 모두 채워줄 수 있는 인간이 아니거든. 감수성에 결함이 있지. 이 결함—이 단어는 자네가 좋을 대로 해석하게. 알베르트의 마음은—나와 로테가 책을 읽으며 재미를 느끼고 하나가 되는 그런 부분에서—그래—공감하고 감동하지 않아. 우리 두 사람이 어떤 사람의 행동을 보고 소리를 지르고 싶어하는 그런 수많은 장면에서도. 빌헬름, 물론 알베르트는 로테를 진심으로 사랑하고 있어. 그만큼의 사랑이라면 어떤 보상을 받아도 좋을 걸세.

쓸데없는 손님이 와서 방해를 하는군. 눈물이 말라버렸

네. 정신은 산란해졌어. 잘 있게, 빌헬름.

8월 4일

나뿐만이 아니야. 인간은 누구나 희망에 속고 기대를 배신당하지. 보리수 아래의 그 선량한 여주인을 찾아갔다네. 큰아이가 반갑다고 큰 소리를 내며 내 쪽으로 뛰어오는 바람에 여주인도 그 소리에 이끌려 밖으로 나왔지. 심히 어두운 표정으로 입을 열고는 이렇게 말하는 거야.

「베르테르 씨, 우리 한스가 죽어버렸어요.」

제일 어린 남자아이였어. 나는 말없이 듣고 있었네.

「남편이 스위스에서 돌아오긴 했지만 빈손이었기 때문에 친절한 분들이 도와주지 않았다면 겨우 겨우 구걸을 해서 돌아올 수밖에 없었을 거라고 해요. 도중에 열병을 앓기도 했고요.」

나는 아무 말도 하지 않고 아이에게 얼마간 주었지. 굳이 사과를 좀 가져가라고 하기에 받아들고 슬픈 추억의 장소를 떠났다네.

8월 21일

손바닥을 뒤집듯이 심경이 일변한다네. 때로 생활이 환희의 색조를 띠는 듯할 때도 있지. 그러나 그것은 순간에 지나지 않아. ─정신없이 몽상에 빠져 있다 보면 '만약 알베르트가 죽는다면 나는, 그리고 로테는……' 이런 생각이 꼬리에 꼬리를 문다네. 그리고 나는 이 환영을 쫓아가지. 그러나 심연의 가장자리에 닿으면 부들거리며 뒤로 물러선다네.

마을의 문을 나와, 로테를 무도회에 데리고 가기 위해 처음 지난 길을 걸어보았어. 변해버렸더군. 정말 모든 것이 변해버렸어. 옛 자취는 흔적도 없이 사라지고, 추억의 고동 소리조차 들리지 않았네. 옛날, 이름을 날리던 영주가 성을 세우고, 온갖 사치를 다해 꾸며놓은 그 성을 죽기 전 가장 사랑하는 아들에게 넘치는 희망과 함께 남겼건만, 망령이 되어 돌아와 보니 그 성이 불타 무너져 있었을 때, 그 망령의 심정이 이러했을까 싶다.

9월 3일

내가 로테만을 이다지도 절실하게 사랑하고, 로테 외에는 아무것도 모르고 이해하지도 못하고 소유하지도 않는데, 어째서 다른 사람이 로테를 사랑할 수 있는지, 사랑할 권리가 있는 것인지 나는 때때로 이것을 이해할 수가 없다네.

9월 4일

　역시 그런 걸까? 자연이 가을을 향해 기우는 것처럼, 내 마음도 주위도 가을 색이 짙어져 간다네. 내 마음의 나뭇잎이 노랗게 물들어 간다네. 그리고 주위의 나뭇잎들은 이미 떨어졌어. 내가 여기에 온 지 얼마 안 되어, 어떤 머슴 얘기를 쓴 적이 있을 거야. 이번에 다시 발하임에 와서 그 남자의 소식을 물어봤는데, 주인집에서 쫓겨났다고 할 뿐 아무도 그 이상 자세한 얘기를 해주지 않더군. 그런데 어제 우연히 다른 마을에 가는 길에 그와 마주치게 되었다네. 말을 붙여봤더니 사정을 대강 얘기해주었지. 감동받지 않을 수 없었다네. 그 줄거리를 전하면 자네도 쉽게 이해하리라고 생각해. 그러나 그런 얘길 해서 무슨 소용이 있을까? 나를 불안하게 하고 상처받게 하는 일을 어째서 이 가슴 하나에 묻어두지 못하는 것일까? 왜 자네까지 슬프게 하는 것일까? 왜 나는 이렇게 항상 자네에게 나를 가련히 여기고 나무랄 기회를 주는 것일까? 뭐 어쩔 수 없다네. 이것도 나의 운명인걸.

　내 질문에 대답하는 남자의 모습은 조용히 가라앉은 상태였고 무언가 겁내고 있는 듯이 보였지만, 곧 정신을 차리고,

또 내 존재를 깨달은 듯이 전보다도 더 솔직하게 자신이 범한 과오를 고백하면서 자신의 불행을 한탄했다네. 그 한 구절 한 구절을 자네 앞에 직접 옮겨놓을 수 있다면 좋으련만. 그는 여주인에 대한 애착이 나날이 강해져서 결국에는 자신이 무엇을 하고 있는지, 또 그의 말을 빌리자면 자신의 머리를 어디에 두어야 할지 모르게 되었다고 털어놓더군. 아니, 털어놨다기보다는 추억을 즐겁게 되새기는 듯이 얘기해줬다는 편이 적당할지도 모르겠어. 먹지도 마시지도 자지도 못하고, 목구멍은 짓눌려 답답하고, 해서는 안 되는 일을 해버리거나 부탁한 일을 잊어버리거나, 급기야는 무언가에 홀린 것처럼 어느 날, 여주인이 윗방에 있다는 것을 알고 숨어들어갔다고 하네. 아니 끌려 들어갔다고 하는 편이 옳을지도 몰라. 그녀가 소원을 들어주지 않아 완력으로 뜻을 이루려 했다고 해. 자신이 어째서 그런 짓을 하게 되었는지 자신도 모르겠다더군. 여주인에 대해서는 항상 순수하게 생각하고 있었고, 그녀의 남편으로 받아들여지기만을 간절히 원하고 있었던 것은 하늘이 다 아는 일인데 말이야. 이렇게 잠시 얘기를 하다가 그는 갑자기 말을 멈추었다네. 하고 싶은 말이 있는데 그것을 입 밖에 낼 용기가 없는 듯한 모습이었어. 그래도 머뭇거리며 털어놓은 바에 의하면, 그 여주인 쪽에서도 그에게 다소 마음이 있었던 모양이야. 꽤 친밀하게 다가가는 것도 허락한 것 같더군. 두세 번 말이 끊기면서, 이런 말을 하는 것은 그 부인을 나쁜 여자로 몰기 위해서가 아니다, 자신은 과거와 마찬가지로 여전히 그 부인을 존경하고 사랑하고 있기 때문에 지금 한 그런 말을 입에 담은 적은 없지만, 단지 자신을 완전히 바보라고 여길까 봐 나에게 얘기하는 것이라고 열심히 변명을 되풀이했다네. ―자, 여기에서 또 나의 판에 박힌 구절이 반복되네만, 그 머슴의 모습, 지금도 내 마음속에 있는 그 모습을 자네에게 보여줄 수 있다면, 만약 모든 것을 제대로 자네에게 말할 수 있다면, 내가 얼마나 그 남자의 운명에 동정하고 있는지, 동정하지 않을 수 없는지 자네도 알 수 있을 거라고 생각해. 하긴 자네도 내 운명을 알고 있고 나라는 인간을 알고 있으니까 내가 모든 불행한 사람들에게 이끌리는 이유, 특히 이 불행한 남자에게 관심을 갖는 이유를 지나치다 싶을 정도로 잘 알고 있을 거야.

편지를 다시 읽어보고 깨달았는데, 얘기의 끝을 알려주는 걸 잊어버렸더군. 하지만 쉽게 상상이 될 걸세. 여주인은 저항하고 거기에 동생이라는 작자가 나타났네. 이 동생이란 작자는 오래전부터 머슴을 미워하여 쫓아내고 싶어했다네. 만약 누나가 새로 결혼을 하면 자신의 아이들 주머니에 굴러 들어올 유산이 날아가 버리기 때문이지. 누나에게는 아이가 없기 때문에 그대로 가면 당연히 그렇게 되는 것이었네. 그래서 이 동생은 곧 머슴을 내쫓고 일을 엉망으로 만들어, 가령 여주인 쪽에서 그럴 의사가 있어도 두 번 다시 그를 고용할 수 없게 해버린 것이라네. 지금은 다른 남자가 고용되어 있는데, 소문에 의하면 그 남자 일로도 동생과 사이가 틀어져 버린 모양이야. 어쨌든 그 남자와 여주인이 결혼하는 것은 확실한 듯한데, 그런 일이 있으면 자신은 절대 그냥 놔두지 않을 작정이라고 하네.

내 얘기에 과장은 없네. 미화도 없어. 오히려 너무 조심스럽다고나 할까. 내가 너무 도덕적이고 상투적인 문구를 사용해서 얘기가 잡다해지지 않았나 싶네.

이 애착, 이 진실, 이 정열은 시적인 창작이 아니라네. 그것은 우리가 무지하다, 촌스럽다 하는 계층의 인간들 속에서 극히 순수하게 살아 있는 것이지. 우리 교양 있는 인간들은―실은 교양에 의해 손상된 인간들이지. 이 내용을 진지하게 읽어봐 주게. 이 얘기를 써서 그런지 오늘은 마음이 평안하군. 내 기분이 평소처럼 출렁대지 않은 것은 필적을 보면 알겠지. 자, 읽어주기 바라네. 그리고 또 이것은 자네 친구의 얘기기도 하다는 것을 생각해주기 바라. 그래, 나도 그와 똑같아. 그리고 그대로 될 거야. 그러나 나는 이 가련하고 불행한 자만큼 씩씩하지도, 다부지지도 않다. 나를 이 남자와 비교할 용기도 없다.

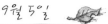

9월 5일

로테는 일 관계로 시골에 가 있는 남편에게 짧은 편지를 썼다네. 이렇게.

「그리운 당신, 가능한 한 빨리 돌아오세요. 한없이 부푼 마음으로 귀가를 기다리고 있습니다.」

마침 한 친구가 찾아와서, 일이 생겨 알베르트가 그렇게 빨리는 돌아올 수 없다는 소식을 전했지. 편지는 발송되지 않고, 저녁때 내 눈에 띄었다네. 나는 읽어보고 미소를 지었지. 어째서 웃느냐고 묻기에 나는 외쳤다네.

「상상력이라는 것은 정말 신의 선물이죠. 이 편지를 보는 순간 나에게 보낸 것이라는 상상에 빠지고 말았답니다.」

로테는 갑자기 입을 다물더군. 기분이 나빠진 듯했어. 나도 입을 다물었다네.

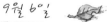

9월 6일

가까스로 그 변변치 않은 푸른색 연미복을 내버릴 결심을 했다네. 처음 로테와 춤을 췄을 때 입었던 옷이지. 하긴 다 닳아 있었어. 하지만 이것과 똑같은 것을 새로 맞추었다네. 깃과 소매, 그리고 같이 착용했던 노란 조끼와 바지도. 그러나 전과 같은 느낌은 전혀 나지 않는다. 무슨 이유에서일까?

뭐, 입다 보면 이것도 마음에 들게 되겠지.

알베르트를 맞으러 가느라 로테는 이삼일간 집을 비웠는
데, 오늘 로테의 방에 가니 나를 반갑게 맞아주더군. 기뻐서
손에 입을 맞췄지.

거울 근처에서 카나리아 한 마리가 날아와 로테의 어깨에
앉았다네.

로테는 「새로운 친구예요」라고 하고는 자신의 손 위에 불
러 앉혔어.

「어린 동생들에게 주려고요. 귀여워
요. 보세요. 빵을 주면 날개를 파닥거리
며 아주 얌전하게 먹는답니다. 뽀뽀도
해요. 잘 보세요.」

로테가 입술을 삐죽 내밀자, 작은
새는 아주 귀엽게 로테의 아름다운 입
술에 뽀뽀를 했어. 마치 행복감을 느끼
기라도 하듯이.

「당신에게도 뽀뽀하게 하지요.」

이렇게 말하고 로테는 작은 새를 내 쪽으로 보냈다네. ―
작은 부리가 로테의 입에서 떨어져 내 입으로 옮겨졌지. 내

입술을 콕 쪼는 감촉은 애정이 깃든 향락의 숨결이나 예감
과도 같았다네.

나는 말했어.

「이 뽀뽀는 욕망을 담고 있군요. 먹을 것을 달라는. 그러
니 단지 귀여워해주는 것만으로는 불만일 것 같아요.」

「내 입에서 먹이를 먹기도 해요.」

로테는 이렇게 말하고는 빵 부스러기를 조금 문 입술을
새에게 내밀었다네. 순수하고 온화한 애정이 한없는 환희
속에서 즐겁게 웃고 있는 듯한 입술이었지.

나는 얼굴을 돌렸다네. 로테는 그러지 말았어야 했어. 그
런 천사와 같은 순수함과 깨끗하고 맑은 행복의 정경으로
내 상상력을 자극하다니. 나는 따분한 인생이 때로 손짓하
여 불러들이는 잠 속에서 나를 깨우게 하고 싶지 않았단 말
일세. ―그러나 그것도 괜찮지 않겠나?―로테는 이렇게 나를
신뢰해주고 있으니. 얼마나 내가 사랑하고 있는지 잘 알고
있으니.

9월 15일

빌헬름, 이 세상에 아직 조금 남아 있는 귀중한 것에 완전
히 무감각한 인간이 있다는 것을 알면 미쳐버릴 것 같다네.
기억하고 있을 거야. 내가 로테와 같이 방문한 적이 있는 그

성 ×× 마을의 나이 든 목사님, 그분 집에 있었던 호두나무를 말이지. 아주 훌륭한 나무였네! 항상 내 마음을 확 트이게 해주는 나무였지. 그 나무가 있었기 때문에 목사관이 친밀하게 느껴지기도 했고. 사방으로 뻗은 멋들어진 가지들, 그 그늘의 상쾌함, 아주 옛날 그것을 심은 존경할 만한 목사님들에 대한 추억. 어떤 학교 선생은 자신의 할아버지로부터 들었다는 한 목사님의 이름을 자주 입에 올리곤 했었지. 아주 훌륭한 사람이었다고 해. 그 나무 그늘에 서면 나는 항상 엄숙하게 그분을 상기한다네. 그런데 그 나무가 잘려 나간 거야. 어제 선생에게 그 말을 전하니 눈물을 흘리더군. ― 잘려버렸다. 미칠 것 같아. 최초의 일격을 가한 짐승보다도 못한 놈을 죽이고 싶은 심정이라네. 만약 내 집 뜰에 그런 나무가 두세 그루 있어서, 그 하나가 노령 때문에 고사하는 일이 있다면 나는 슬픔 때문에 자리에 누워버릴 텐데. 그러한 내가 지금은 보고 있을 수밖에 없는 거야.

그러나 한 가지 통쾌한 일이 있다네. 사람의 기분이란 야릇해. 마을 전체가 화가 나 들고일어났다네. 그 나무를 자르게 함으로써 마을에 어떤 불씨를 당겼는지, 목사 부인은 버터나 달걀, 그 외 신자들이 보내오는 공물이 줄어든 것으로 깨달아야 할 걸세. 왜냐고? 사건의 장본인은 바로 그 여자, 새로 부임한 목사의 부인이기 때문이지.(전의 목사는 이미 죽어버렸다) 그녀는 비쩍 마른 병든 몸에다가 아무도 신경 써주지 않으니까 자연히 세상일에도 관심이 없었다. 학자인 양하며 성전 연구에 핏대를 올리고, 최신 유행하는 기독교의 도덕적, 비판적인 개혁에 열중하여, 라바터(역주 : 1741~1801. 스위스의 광열적인 신학자. 괴테의 친구)의 광신적 태도에 코웃음을 치고, 몸이 좋지 않기 때문에 신의 대지에서 아무 기쁨도 느끼지 못한다네. 이러한 인간이기 때문에 바로 그 호두나무를 쓰러뜨릴 마음이 생긴 것이겠지. 기가 차서 입이 다물어지지 않을 뿐이네. 낙엽으로 마당이 지저분해진다, 질척해진다, 햇볕이 들지 않는다, 열매가 맺히면 아이들이 돌을 던진다 하며, 그런 것이 신경에 거슬러 케니코트(역주 : 1718~83. 영국의 신학자)나 젬러(역주 : 1725~91. 독일의 경건주의파 신학자), 미하엘리스(역주 : 1717~91. 신교의 신학자)의 비교 연구에 대한 심각한 명상을 방해받는다는 거야. 마을 사람들, 특히 나이 든 사람들이 몹시 화가 난 듯하기에 「어째서 당신들은 가만히 있습니까?」하고 물어보았더니, 「촌장이 그럴 생각이라면 이 지역에서는 어쩔 수가 없다오」라고 하더군. ─그러나 한 가지 유쾌했던 것은, 그렇지 않아도 눈엣가시였던 마누라의 고집을 이 기회에 역으로 이용하려던 목사가 촌장과 서로 짜고 나무 판 돈을 반으로 가르려고 했는데, 그것을 관리소에서 알아채고 「이쪽으로 보내라」라고 말한 것이지. 원래 나무가 심어져 있었던 곳의 토지는 관리소에 권리가 있어서, 관리소의 손으로 경매에 올려져 팔렸다네. 나무는 지금 쓰러져 있어.

내가 만약 영주였다면 목사의 마누라도 촌장도 관리소도……. 영주라! 글쎄, 그랬다면 영내의 나무 같은 건 상관하지도 않았겠지.

10월 10일

그 검은 눈동자를 보는 것만으로도 나는 기분이 좋아진다네. 그런데 빌헬름, 불쾌한 것은 알베르트는-기대하고 있었던 것만큼-만약 내가 그였다면 어떠할 것이라고 믿고 있는 것만큼 즐거워 보이지 않는다는 거야.-나는 '줄표' 같은 건 사용하고 싶지 않지만 달리 표현할 방법이 없다네.-또한 이것은 아주 확실하게 내 뜻을 나타내주고 있지.

10월 12일

마음속에서는 오시안이 호메로스를 앞질러 버렸다네. 이 훌륭한 인간이 나를 끌고 가는 세계란 얼마나 굉장한 세계인가! 오시안은 소용돌이치는 안개 속에서 선조들의 망령을 이끄는 폭풍에 휘감겨 어렴풋한 달빛을 뒤로하며 황야를 헤맨다네. 서산 쪽에서는 숲을 흐르는 냇물 소리와 함께 망령의 음울한 신음 소리가 동굴에서 메아리치지. 또, 가장 사랑하던 고귀한 사람의 이끼 끼고 잡초가 무성한 네 개의 묘석가에서는, 숨이 끊어질듯 한탄하며 슬퍼하는 소녀의 통곡이 들린다네. 백발의 방랑 시인은 끝도 없는 황야에서 조상의 자취를 찾아 아아, 그 묘석을 발견해내지. 파도가 넘실대는 바다에 몸을 숨기는 지난밤의 부드러운 별을 안타까워할 때, 이 영웅의 가슴속에서는 지난날들이 되살아난다네. 부드러운 빛이 용맹한 사람들의 위난의 길을 비추고, 달빛이 개선해 돌아오는 화환으로 장식된 배를 비춰주었지. 이마에 깊은 고뇌의 빛을 띤, 의지할 데 없는 최후의 영웅은 지칠 대로 지친 몸을 이끌고 무덤가에 비틀거리며 찾아와, 죽은 자들의 힘없는 환영을 본다네. 그는 가슴 아프게 타오르는 기쁨을 몇 번이고 가슴에 빨아들이면서 차가운 대지 위 커다란 풀들이 바람에 나부끼는 것을 내려다보며 외치네.

「나의 아름다웠던 날을 알고 있는 방랑자는 오너라. 와서 물어보아라. '그 노래하는 사람, 핑갈의 뛰어난 아들은 어디에 있는가?' 하고. 그의 발은 내 무덤 위를 밟고 지나가며 허무하게 나를 이 지상에서 찾아 헤맬 것이다.」

친구여, 나는 충직한 종복처럼 검을 빼들어 단말마의 고통 속에 숨이 끊어져 가는 내 주군 오시안의 가슴에 단호히 칼을 꽂고, 이 해방된 반신(半神)의 자취를 좇아 나 자신도 죽어가고 싶다네.

10월 19일

이 틈새, 가슴속에 느껴지는 이 두려운 공허. —나는 종종 이런 생각을 한다네. 단 한 번이라도 좋으니 로테를 이 가슴에 껴안을 수만 있다면. 그러면 이 공백은 메워질 텐데 하고.

10월 26일

나에게는 점점 뚜렷해진다네. 확실히, 날이 갈수록 뚜렷해져. 인간의 존재 따윈 아무것도 아니라네. 정말 아무것도 아니야. 로테에게 친구가 찾아와서, 나는 옆방으로 가 책을 손에 들었지. 읽을 수가 없었다네. 그래서 펜을 손에 들고 무언가를 쓰려고 하는데, 작게 이야기하는 소리가 들려오더군. 아무개가 결혼한다, 아무개는 병으로 아주 좋지 않다 하며 마을에 나도는 소문을 둘러싸고 재잘재잘 얘기꽃을 피우는 것이었지. 「그분은 마른기침을 하고 얼굴뼈가 앙상하대. 현기증으로 쓰러질 뻔한 일도 있대. 이미 절망적인가 봐」 하고 한쪽이 말하면, 「×× 씨도 몹시 나쁘대」 하는 로테. 그러자 친구는 「이미 부종이 왔다고 해」 하고 대답하더군. —나는 그런 가련한 사람들의 병상을 생각하지 않을 수 없었다네. 그러한 사람들이 눈앞에 떠올랐지. 모두 죽는 것이 싫어서 어떻게든—빌헬름, 그런데 여자들의 얘기를 듣고 있으면—전

156 젊은 베르테르의 슬픔

혀 모르는 사람들이 죽어가는 듯한 느낌이라네.

나는 주위를 돌아보았네. 방 안을 둘러보았어. 옆에 있는 로테의 옷이나 알베르트의 서류, 눈에 익은 가구들, 잉크병이 있었지. 그리고 이렇게 생각했다네. '너는 이 집의 무엇인가? 확실히 너의 친구는 너를 존경하고 있다. 너도 때때로 그들을 기쁘게 해준다. 너는 그들 없이는 살아갈 수 없을 것 같다. ―그런데 만약 네가 이 작은 세계에서 떨어져 가버린다면, 네가 그들의 운명에 남기는 공백을 그들은 느낄까? 언제까지 느낄까? 얼마나 오랫동안? ―아니, 인간은 덧없는 존잴세. 자기 자신의 존재를 정말로 믿을 수 있는 경우라도, 자신이 확실히 거기에 있다는 인상을 뚜렷이 새길 수 있는 경우라도 말이야. 때문에 자신이 사랑하는 사람들의 추억이나 영혼 속에서도 이윽고 희미하게 사라져가지 않을 수 없는 것이지. 그것도 순식간에.

10월 27일

인간은 어떻게 이렇게까지 서로 냉담할 수 있는 것인지. 그것을 생각하면 가슴을 쥐어뜯고 머리통을 때려 부수고 싶어진다네. 아, 사랑의 기쁨, 따뜻함, 그리고 즐거움도 내가 제공하지 않으면 아무도 나에게 주지 않아. 그리고 내가 아무리 즐거워 가슴이 부풀어 있어도 내 앞에 차가운 태도로 힘없이 서 있는 사람은 행복하게 해주지 못한다네.

같은 날 저녁

나는 실로 많은 것을 갖고 있다. 그러나 그녀를 사모하는 마음이 그 모두를 삼켜버린다. 나는 이토록 많은 것을 갖고 있지만 그녀 없이는 모두 무(無)가 된다.

10월 30일

나는 벌써 수백 번이나 그녀의 목에 매달릴 뻔 했다네. 이렇게 다정하게 행동하면서도 손을 내밀어서는 안 된다니. 이런 내 기분은 신이 아니면 알 수 없지. 손을 내민다는 것은 인간의 가장 자연스런 충동이라네. 아이들은 눈에 보이는 것이라면 무엇에나 손을 뻗지 않는가?—나만 별개라고 하는 것인가?

11월 3일

정말이네. 나는 때때로 이제 더는 잠에서 깨지 않았으면 하고 바라고, 깨지 않길 빌면서 침상에 몸을 눕힌다네. 그런데 아침이 오면 눈을 뜨고, 다시 태양을 보지. 그리고 비참한 생각에 잠긴다네. 차라리 변덕쟁이처럼 날씨나 제삼자, 일의 실패에 탓을 돌릴 수 있다면 견딜 수 없는 불만의 무거운 짐도 반은 가벼워지련만, 유감스럽게도 모든 죄가 내 안에 있다는 것을 나는 너무나 잘 알고 있다네. ―아니, 죄는 아니야. 예전에 모든 행복의 원천이 나 자신 속에 있었던 것처럼, 모든 비참함의 근원은 내 안에 숨겨져 있는 것이지. 지난날 넘쳐나던 정감 속을 떠다니며 한발 나아갈 때마다 등 뒤에 천국이 열리고, 하나의 온전한 세계를 부드럽게 보듬어 안았던 상냥한 마음씨의 주인은 과연 현재의 나일까? 그러나 이 마음은 이미 죽어버렸다네. 이미 여기에는 어떤 감격도 솟아오르지 않아. 눈물이 바싹 말라버려 감각은 이미 위안의 눈물로 추스를 길 없고, 이마에는 불안의 주름이 잡힌다네. 괴로워서 견딜 수가 없다. 뭐라 해도 내 생활의 유일한 환희였던, 주위에 수많은 세계를 만들어냈던 그 신성한 활력을 잃어버린 것이니까. 그 힘은 없어져 버린 거야. ―창가에서 멀리 언덕을 바라보면, 아침 해가 안개를 뚫고 언덕 위로 올라 고요한 초원을 비추고, 잎이 떨어진 버드나무 사이로 조용히 흐르는 강이 나를 향해 물결치는 것이 보인다네. ―아아, 이 훌륭한 자연도 내겐 그저 가만히 움직이지 않고 놓여 있는 니스 칠한 풍경화에 불과할 뿐이야. 어떤 환희도 내 심장에서 단 한 방울의 행복조차 머릿속에 떨어뜨릴 수가 없다네. 마치 바싹 메마른 우물이나 물기 없는 물통 같은 하나의 인간이 신의 면전에 꼿꼿이 서 있는 것과 같지. 몇 번이고 땅에 몸을 던져 신에게 눈물을 구걸한다네. 이글거리는 태양 아래 쩍쩍 갈라진 대지 위에서 농부가 비를 구걸하듯이.

하지만 소용없는 일이지. 신은 우리의 애타는 염원에는 비도 태양빛도 내려주지 않는다네. 그런데 기억하면 괴로운 그 시절, 그때는 왜 그렇게 즐거웠을까? 참을성 있게 신의 마음을 기다리고, 신이 쏟아 부어준 환희를 진심에서 우러나오는 감사한 마음으로 한껏 받아들였기 때문일까?

11월 8일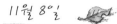

로테는 나의 무절제함을 나무랐다네. 아아, 얼마나 따뜻한 생각이 깃들어 있었을까? 그녀는 내가 곧잘 포도주 한 잔에서 시작해 그만 한 병을 다 비워버리고 마는 것을 지적한 거야.

「그러지 말아요. 제 생각을 좀 해줘요.」

「생각을 해달라고요? 그런 일을 나에게 명령할 필요가 있나요? 물론 생각하고 있어요. ─아니, 생각을 하고 말고 할 게 없지요. 당신은 언제나 내 마음속에 있으니까요. 오늘도 나는 당신이 지난날 마차에서 내린 장소에 있었어요.」

로테는 화제를 바꾸어 내 얘기를 딴 방향으로 돌리려고

했지. 빌헬름, 이미 어떻게 할 수가 없게 되었다네. 나는 뭐든 로테가 하라는 대로 하게 돼.

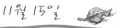

11월 15일

 빌헬름, 진심 어린 충고 고맙네. 여러 가지로 걱정을 끼쳐서 미안해. 하지만 안심하게. 내가 극복하는 것을 보아줘. 심히 고통스럽기는 하나, 아직 이겨나갈 힘은 충분히 있다네. 자네도 알다시피 나는 종교를 존경한다네. 종교는 고단한 많은 사람에게 지팡이가 되어주고, 쇠약한 사람들에게는 위안이 되어주지. 그러나 종교는 누구에게라도 그렇게 될 수 있는 것일까, 그렇지 않은 경우는 없는 것일까? 넓은 세상을 바라보면, 종교가 어떤 사람들에게는 그렇지 않다는 것을 알 수 있을 것이네. 종교가 그런 식의 의미를 지니지 않았고, 앞으로도 지닐 것 같지 않은 많은 사람들 말이지. 이것은 설교를 듣느냐 마느냐에 한정되지 않아. 그럼 내 경우는 어떠할까? 신의 아들조차도 자신의 주위에 모이는 것은 아버지인 신이 자신에게 부여한 사람들이라고 말했다네. 그런데 내가 만약 신의 아들에게 부여된 사람이 아니라면? 내 마음이 나에게 고하는 것처럼, 만약 신이 자신을 위해 나를 따로 간직해두려 한다면?—부탁이니 오해는 하지 말게. 이 순진한 말을 조롱으로 받아들이지 말아줘. 내가 자네에게 보이고 있는 것은 내 영혼이야. 그렇지 않다면 나는 오히려 잠자코 있었을 것이네. 물론 나역시 아무도 모르는 일에 대해서는 어떤 말도 하고 싶지 않네. 인간의 운명이란 자신의 몫을 견디고 자신의 잔을 비우는 것이 아니겠는가?—그리고 이 잔은 하늘에 계신 신도 인간의 몸이었을 때 너무 쓰다고 하셨는데, 내가 허세를 부려 맛있다는 표정을 지을 수는 없는 것 아닌가? 나의 전 존재가 유와 무 사이에서 부딪쳐 떨리고, 과거가 번개처럼 미래의 어두운 심연 위에 빛을 던져 주변의 모든 것이 몰락하고, 나와 함께 세계가 무너져가는 무시무시한 순간에 내가 왜 부끄러워해야 하는가?—「오, 아버지시여, 어찌하여 나를 버리시나이까!(역주 : 십자가에 못 박히는 예수가 한 말)」 이는 덧없이 위로 올라가려고 안간힘을 쓰고 이를 악물지만, 결국 자기 자신에만 의지해야 하는 지경에 이르러 자신을 잃고 끝도 없이 추락해가는 인간의 소리가 아닌가? 온 하늘을 한 장의 천처럼 감아버리는 신의 아들조차도 피할 수 없었던 순간을 내가 두려워한들 무슨 죄가 되겠는가?

11월 21일

로테가 나를 향해서 우리 두 사람을 파멸시키는 독을 만들고 있다는 것, 로테는 이것을 모른다네. 전혀 느끼지 못하지. 그러나 나는 나의 파멸을 위해 로테가 내미는 잔을 더할 나위 없이 흐뭇한 기분으로 마신다네. 로테는 자주―자주? 아니, 때때로 나를 다정한 눈빛으로 바라본다네. 또, 내 순수한 표현을 부드럽게 받아들이지. 그리고 그녀의 이마에서는 내가 받는 고통에 대한 동정을 엿볼 수 있어. 하지만 도대체 그러한 것이 무엇일까?

어제는 돌아갈 때 나에게 손을 내밀며, 「안녕, 사랑하는 베르테르」라고 말해주더군. 사랑하는 베르테르! 그렇게 말해준 것은 처음이었어. 나는 순간 온몸이 떨렸다네. 그리고 그 말을 수백 번도 더 되뇌었지. 어젯밤, 잠자리에서 웅얼웅얼 혼잣말을 하다가 그만 갑자기 「잘 자요, 사랑하는 베르테르」라는 말이 튀어나와 혼자서 크게 웃었다네.

11월 22일

「로테를 내게서 멀어지게 해주세요」라고 기원할 수는 없네. 하지만 때때로 로테가 내 것인 듯한 착각이 든다네. 그렇다고 「로테를 내게 주세요」라고 기도할 수도 없지. 다른 남자의 소유니까. 나는 단지 내 고통을 견디지 못해 생떼를 쓰는 것일 뿐이네. 이러다가는 정립과 반정립이 끝없이 되풀이될 거야.

내가 견디고 있는 고통을 로테는 알고 있다네. 오늘 로테의 눈빛이 가슴을 파고드는 것 같았어. 로테는 혼자였다. 로테는 나를 보고 있었고 나는 아무 말도 하지 않았지. 그때는 로테의 상냥한 아름다움도 훌륭한 영혼의 광채도 이미 보이지 않았다네. 그러한 것은 모두 눈 밑에서 사라져버렸다. 그런 것보다 훨씬 더 고귀한 눈빛이 내 위에 쏟아지고 있었어. 마음 깊이 우러나는 동정, 감미로운 공감의 빛을 띤 눈빛이. 왜 나는 그때 로테의 발밑에 몸을 던지지 못했을까? 왜 나는 대답 대신 로테의 목에 수천 번 입을 맞추지 못했을까? 로테는 몸을 돌리고 피아노에 앉아 작고 달콤한 소리로 피아노에 맞춰 노래를 읊조렸네. 로테의 입술이 그렇게 매혹적으로 보이긴 처음이었어. 건반 위에 피어오르는 감미로운 소리를 몸 안에 흡수하려는 듯 입이 열리고, 잔잔한 멜로디가 청초한 입술에서 메아리치고 있었다네. ─아니, 나는 도저히 말로 표현할 수 없어. ─견딜 수 없어서 나는 고개를 떨구고 맹세했다네.

「이 천상의 영혼이 떠 있는 입술에 입을 맞추려는 짓은 절대 하지 않겠다.」

그러나─나는 아무래도─아아, 알겠지. 그런 생각이 내 영혼 앞을 장벽처럼 가로막고 있다네. ─그 행복─그것을 얻을 수만 있다면 이 몸을 파멸시켜 그 죗값을 치러도 좋을 텐데. ─죄라고?

11월 26일

나는 곧잘 자신에게 이렇게 말한다네.
「너의 운명은 전례가 없는 것이다. 다른 사람들은 행복하다고 할 수 있다. ─너만 한 고통을 맛본 자가 없으니.」
그런 때 나는 옛 시인의 시를 읽지. 마치 내 마음속을 들여다보는 듯한 느낌이 든다네. 나는 여러 가지 일을 견뎌내야 해. 아아, 옛날에도 인간은 이렇게 가련한 존재였을까?

11월 30일

나는, 나는 제정신으로 돌아올 수 없을 것 같다네. 어디를 가도 황당한 사건에 부딪히고 말아. 오늘 같은 경우에도! 오오, 운명이여! 오오, 인간이여!
점심때쯤 강을 따라 걸어갔다네. 식욕도 없고 모든 것이 황량했지. 축축하고 차가운 서풍이 산에서 불어오고, 잿빛 비구름이 골짜기 속으로 기어 들어갈 때였어. 멀리 남루한 녹색 상의를 입은 남자가 보이더군. 바위 사이를 기어다니며 약초라도 찾고 있는 듯한 모습이었지. 가까이 다가가니 내 발소리에 그가 뒤돌아봤는데, 상당히 재미있는 인상이었어. 조용한 비애가 깃든 표정. 하지만 그 점을 제외하면 순수하고 사람 좋아 보이는 얼굴이었지. 검은 머리카락은 두 가닥으로 말아 핀으로 묶고, 나머지는 굵게 땋아 등에 늘어뜨리고 있었지. 보아하니 미천한 신분인 것 같아, 무엇을 하고 있느냐고 스스럼없이 물어보았다네. ―「꽃을 찾고 있는데요」 하고 대답하더니만 깊은 한숨을 내쉬면서 「찾을 수가 없어요」 하더군. 나는 미소 지으며 말했지.

「꽃이 피는 계절이 아니잖소.」

그는 이쪽으로 내려오면서 말했어.

「꽃은 많이 있어요. 우리 집에는 장미와 인동 두 종류가 있죠. 하나는 아버지가 주셨는데 잡초처럼 돋아나 있어요. 벌써 이틀이나 찾고 있는데 보이지가 않는군요. 이 부근에도 항상 피어 있었는데 말이죠. 노랑, 파랑, 빨강. 수레국화도 예쁜 꽃이 피죠. 그런데 하나도 보이지 않아요.」

이상한 느낌이 들기에 에둘러 물었다네.

「그 꽃을 어떻게 할 생각이죠?」

불가사의한 미소가 그의 얼굴을 일그러뜨렸어. 그는 손가락을 입에 대고 말했지.

「남에게 말하기 곤란하지만, 실은 애인에게 화환을 만들어준다고 약속했거든요.」

「그거 좋군요.」

「그녀는 그것 말고도 별의별 물건을 다 갖고 있어요. 부자니까요.」

「그래도 당신의 화환을 갖고 싶어할 겁니다.」

「아아, 보석도 있고 왕관도 갖고 있어요.」

「이름이 뭐죠?」

「네덜란드가 나에게 돈을 주기만 했어도 이렇게 되진 않았을 텐데」 하고 그는 딴청을 피우더군.

「아니, 옛날에는 이렇지 않았어요. 참말 유쾌했지요. 이젠 글렀어요, 지금은. 지금 나는…….」

하늘을 올려다보는 두 눈, 그 안에 가득 고인 눈물이 모든 것을 말해주고 있었지.

「그렇다면 당신은 행복했었군요.」

「아아, 다시 한 번 그렇게 행복할 수 있다면. 마치 물 속의 고기처럼 즐겁고 행복하고 평화롭고…….」

그때 「하인리히!」 하고 부르는 소리가 들리더니 노파가 한 명 다가왔다네.

「세상에, 여기 있었구나. 사방으로 찾아 돌아다녔잖니. 어서 가자. 식사해야지.」

나는 노파에게 다가가면서 물었네.

「당신의 아들인가요?」

「그래요. 내 불쌍한 자식이랍니다. 하느님께서 우리에게 무거운 십자가를 지우신 거죠.」

「얼마나 됐지요?」

「이렇게 얌전해진 것은 반 년쯤 되었어요. 뭐, 이렇게라도

돼서 크게 안심하고 있지요. 그전에는 거의 일 년 동안 미쳐 날뛰었거든요. 정신병원에서는 쇠사슬에 묶여 있었어요. 지금은 누구에게도 아무 짓 안 하지만 허구한 날 왕이 어떻다는 둥 황제가 어떻다는 둥 중얼대죠. 성격도 좋고 얌전한 아이여서 집안일도 잘 도와주고 글씨도 잘 썼는데, 무엇 때문인지 급작스럽게 우울증에 걸렸지 뭡니까. 열이 펄펄 끓더니 미쳐버렸죠. 하지만 지금은 보시다시피 이렇답니다. 이런 걸 말씀드려서 어떨지 모르지만, 나리.」

나는 계속 얘기하려는 상대를 가로막고 이렇게 물었다네.

「뭔가 대단히 행복하고 즐거웠다고 말하며 자랑하던데, 그게 어떤 때였죠?」

노파는 쓸쓸하게 미소 지으며 말했어.

「글쎄, 아들 녀석이 또 바보 같은 말을 했나 보군요. 정신이 돌았을 때의 일을 말하는 겁니다. 그것을 항상 자랑삼아 말하죠. 제가 왜 정신병원에 들어가 있었는지도 모르면서 말예요.」

나는 깜짝 놀랐다네. 지폐 한 장을 노파의 손에 밀어넣은 후, 두 사람을 남기고 걸음을 재촉해 떠났지.

「네가 행복했을 때!」

나는 서둘러 마을을 향해 걸어가면서 외쳤다네.

「네가 물 속의 고기처럼 즐거웠을 때!」

하늘에 계신 하느님이시여, 인간은 분별력을 갖추기 전이나 분별력을 잃어버린 후가 아니면 행복할 수가 없는 겁니까? 당신은 이것을 인간의 운명이라 정한 겁니까? 불쌍한 사내여, 그러나 나는 너의 우울, 너를 쇠약케 하는 광기가 부럽기도 하다. 너는 너의 여왕을 위해 꽃을 따려고 즐거운 마음으로 나선다. ─한겨울에─그리고 찾을 수 없다고 한탄을 하지. 왜 찾을 수가 없는 건지 너는 모른다. 그런데 나는 희망도 목적도 없이 나갔다가 집에 돌아온다. 언제나 제자리지. ─너는 네덜란드가 돈을 지불해준다면 자신이 완전히 딴 인간이 될 수 있다고 믿고 있다. 행복한 남자여, 너는 행복을 얻지 못하는 것을 이 세상의 잘못으로 돌릴 수 있는 것이다. 너는 모른다. 너의 파멸된 마음, 미친 머리에 너의 비참함의 원인이 있고, 이것은 지상의 어떤 왕도 고칠 수 없다는 사실을.

병을 낫게 하려고 영험한 샘물을 찾아 헤매다 오히려 병이 악화되어 고통받으며 죽어가는 병자라든지, 숨겨온 죄를 고백하고 영혼의 고통을 치유하기 위해 성스러운 예수의 묘를 순례하는 인간들을 경멸하는 자는 위안이 없는 죽음을 맞게 될 것이다. 아무도 밟지 않은 길을 걸으며, 내딛는 발자국마다 상처를 입는 이에게 그 한 걸음 한 걸음은 고민하는 영혼에 한 방울의 진정제가 될 것이고, 고통을 참고 지내는 하루하루의 여정에 마음의 병은 점차 완화될 것이다. ─그것을 너희 실없는 소릴 지껄이는 자들은 멍석 위에 앉아 미망이라고 부르는가?─미망!─아아, 신이시여, 당신은 제 눈물을 봅니다. 인간을 이렇게 가련하게 만드셨으면서 당신은 이 아주 조금의 믿음, 만물을 사랑하는 당신에게 바쳐지는 이 아주 조금의 신뢰마저 서로 빼앗게 하십니까? 풀뿌리나 나무껍질, 포도나무 즙과 같은 것에 대한 신뢰는, 우리를 둘러싸는 모든 것 속에 치유하는 힘, 가라앉히는 힘을 내려주신 당신, 우리에게 조금이라도 부족함 없는 힘을 내려주신 당신에 대한 신뢰일진대, 내가 모르는 아버지시여, 지금까지 제 온 영혼을 충족시켜주셨으면서 지금은 제게서 얼굴을 돌리십니까? 제발 저를 당신에게로 인도하여주십시오. 이제 더는 잠자코 있지 말아주십시오. 잠자코 계셔도 이 굶주린 영혼은 생각을 바꾸지 않습니다.—어느 날 갑자기 떠났던 아들이 돌아와 목에 매달리며,「돌아왔습니다, 아버지. 분부하신 대로 더 오래 참아야 했지만 중도에서 여로를 포기하고 돌아왔습니다. 그래도 제발 화를 내지 말아주세요. 세상은 어디나 다 똑같습니다. 매서운 고통과 노동이 있어야 비로소 보수와 기쁨이 있는 것이죠. 하지만 저에게는 그런 것이 아무 상관없게 된 것입니다. 제가 행복하게 살 수 있는 장소는 오직 아버지가 계시는 곳뿐입니다. 그리고 아버지가 보고 계시는 앞에서 저는 고통도 즐거움도 느끼고 싶은 것입니다.」

이렇게 말하는 자식 앞에서 화를 낼 아버지가 있겠습니까? 하늘에 계신 아버지께서는 이 아들을 쫓아내시겠습니까?

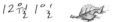

12월 1일

빌헬름, 전에 얘기했던 그 불행하고도 행복한 사내, 그자는 로테의 아버지 밑에서 일했던 서기였다고 하네. 로테를 사랑한 그는 혼자서 가슴앓이를 하다가 결국 털어놓고 말았지. 그 때문에 면직이 되었고 그래서 미쳐버린 것이라네. 이렇게 담담하게 보고를 하지만 실은 얼마나 가슴이 뭉클했는지 알아주게. 알베르트는 아무렇지 않게 얘기해주었지만, 그리고 자네도 마찬가지로 태연하게 읽고 있겠지만.

12월 4일

어쩔 도리가 없다. ─빌헬름, 이미 틀렸네. 나는 이제 끝났어. 오늘 로테 옆에 있었다네. ─앉아 있었지. 로테는 피아노를 치고 있었고. 여러 가지 멜로디에 온갖 마음을 담아서 말이야. ─전부 다. ─어떻게 생각하나, 자네는? ─그녀의 어린 여동생은 내 무릎 위에서 인형에 옷을 입히고 있었지. 나는 눈물이 나왔다네. 고개를 떨구니 로테의 결혼반지가 눈에 들어오더군. ─나는 울었어. ─그러자 갑자기 귀에 익은 감미로운 멜로디가 들려왔다네. 갑자기 말이야. 나는 마음이 가라앉았지. 그러나 동시에 옛일, 내가 이 노래를 들었던 때의 일, 불쾌하고 음울했던 한동안의 일, 이룰 수 없었던 여러 소망들이 떠오르고, 그리고—나는 방안을 서성였다네. 뭔가 뜨거운 것이 복받쳐 올라와 숨이 막힐 것 같았어.

「제발!」

격한 감정이 폭발하여 나는 로테 곁으로 다가갔다네.

「제발 멈추세요!」

로테는 연주를 멈추고 내 얼굴을 가만히 바라보았다네.

「베르테르.」

그녀는 영혼을 찌르는 듯한 미소를 떠올리며 말했어.

「베르테르, 당신 몸이 아주 좋지 않은가 봐요. 당신이 그렇게 좋아하던 곡인데. 집에 돌아가 쉬시는 게 어떻겠어요? 그렇게 해서 마음을 좀 진정시키세요.」

나는 몸을 돌려 나왔다네. 그리고—신이여, 당신은 비참한 저를 보고 계십니다. 그러니 이 마무리를 해주시겠지요.

12월 6일

로테의 환영이 주위를 맴돌며 떨어지지 않는다네. 꿈에도 생시에도 그녀의 그림자가 온통 내 마음을 점령하고 있어. 눈을 감으면 이 눈 속에, 내면의 시력이 모여 만나는 이 이

마 속에 그 검은 눈동자가 나타난다네. 바로 이곳에. 표현을 잘 못하겠군. 눈을 감으면 로테의 모습이 떠오른다네. 바다처럼, 심연처럼 그 눈동자는 내 앞에서, 내 안에서 숨쉬며 내 이마의 감각을 채우는 것이지.

반신이라 불리는 인간은 무엇인가? 가장 힘이 필요할 때 바로 그 힘은 없지 않은가. 날아갈 듯한 환희에 싸이는 순간, 혹은 슬픔의 구렁텅이에 빠지는 순간, 무한자의 풍요로움 속에 녹아 들어가려는 바로 그 순간에 붙들려, 둔하고 차가운 의식으로 다시 되돌아갈 수밖에 없지 않은가.

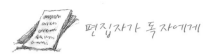

편집자가 독자에게

우리는 베르테르 자신이 남긴 일련의 서간 외에 편집자가 설명을 덧붙이지 않아도 될 만큼의 자필 서류가 잔존한다면, 그것으로 마지막 주목해야 할 며칠간의 보고를 대신할 수 있기를 간절히 바랐다.

우리는 그의 신상을 잘 알고 있다고 생각되는 사람들의 입에서 정확한 사실을 수집하려고 최선을 다했다. 일은 간단했다. 여기에서 사소한 점 몇 가지를 제외하면 모든 얘기가 서로 일치했다. 다만 관계자들의 심경에 대해서만은 의견이 나뉘어 판단은 제각각이었다.

결국 우리에게는, 고심 끝에 알아낸 것은 충실하게 얘기하고 고인이 남긴 서간을 그 사이에 삽입하면서, 동시에 발견된 자료는 아무리 보잘것없는 것이라도 소홀히 다루지 않는 것 말고는 달리 방도가 없었다. 범상치 않은 인간의 행동은 가령 단순한 행위라 하더라도 본래의 진실한 동기를 밝혀내는 것은 지극히 어려운 일이기 때문에, 더더욱 그렇게 하지 않으면 안 되는 것이다.

베르테르의 마음속에는 불만과 불쾌감이 점차 깊이 뿌리를 내리고 점점 더 강하게 얽혀 그의 전 존재를 사로잡아 버렸다. 정신의 조화는 완전히 무너져버렸고, 내심의 흥분과 격정은 본성이 소유하던 힘을 어지럽혀, 결국 그에게 권태만을 남겼다. 그는 지금까지 그가 싸워온 온갖 불행 이상의 아픔을 느끼며 거기에서 탈출하려고 노력했다. 그러나 마음의 몸부림은 일체의 정신력, 쾌활함, 명민함을 모조리 갉아먹어, 사람들과 섞여 있어도 우울하고 불행하다고 느꼈으며 마침내 자포자기 상태에 이르렀다. 적어도 알베르트의 친구들은 그렇게 말하고 있다. 그들이 주장하는 바로는, 오랫동안 바라던 행복을 가까스로 획득한 알베르트는 순수하고 침착하며 냉정한 인간으로, 자신의 행복을 앞으로도 변함없이 유지하고자 했는데 베르테르는 그 몸짓을 옳게 판단하지 못했다고 한다. 그리하여 베르테르는 날마다 자신의 재산을 탕진하고 저녁노을을 맞으면 굶주림에 고통받는 자와도 같았다고 한다. 또한 그들이 말하길 이 짧은 기간에 알베르트란 인간이 바뀌었을 리는 없으며, 그는 여전히 베르테르가 처음 보고 느꼈던 그대로 존중하고 공경할 만한 인간이었다는 것이다. 알베르트는 누구보다도 로테를 사랑하고 로테라는 여인을 세상에 자랑함과 동시에 세상으로부터도 로테를 극히 훌륭하고 아름다운 여성으로 인정받고 싶어했다. 때문에 그가 어떠한 의혹의 기미도 용서치 않고, 또 어떤 사람과도 이 귀중한 보물을, 설령 아무리 순수한 방법이라 해도 함께 나누고 싶어하지 않은 것은 결코 무리가 아니라는 것이다. 그들이 밝힌 바, 베르테르가 로테 곁에 있을 때 알베르트는 종종 자리를 비켜주곤 했는데, 그것은 친구 베르테르에 대한 증오나 반감에서가 아니라, 자신이 동석하면 베르테르가 불편해할 것이라고 생각했기 때문이었다는 것이다.

로테의 아버지는 병에 걸려 움직일 수 없게 되자 로테에게 마차를 보냈다. 로테는 그 마차를 타고 나갔다. 아름다운 겨울날이었다. 첫눈이 많이 내려 마을 일대를 덮었다.

베르테르는 다음 날 아침 그녀의 뒤를 따라갔다. 알베르트가 로테를 맞으러 가지 않을 경우, 자신이 데리고 돌아오기 위해서였다.

맑고 청명한 날씨도 베르테르의 탁한 기분에는 그다지 효과가 없어, 무거운 압박감이 그의 영혼을 짓눌렀다. 서글픈 상념이 달라붙어 떨어지지 않고, 머릿속은 번민에서 번민으로 옮겨가기만 할 뿐이었다.

자기 자신에게 끊임없는 불만을 느끼며 하루하루를 보내고 있던 베르테르의 눈에는 타인의 상태까지도 나날이 우려해야 할 혼란스러운 것으로 보이게 되었다. 그는 알베르트와 그 아내의 아름다운 관계를 자신이 깨뜨려버렸다고 믿고 자신을 책망했다. 하지만 거기에는 알베르트에 대한 은근한 반감이 섞여 있었다.

그날도 길을 가는 도중에 그의 생각은 이 문제에 미쳤다. 그는 은밀히 이를 갈며 중얼거렸다.

「그런가, 그래? 이것이 친밀하고 상냥하고 세심하며 만사에 마음이 통하는 교감, 침착하고 변덕이 없는 진실이라는 것인가? 권태다! 무감동이다! 그자는 실체가 있는 존경스러운 아내보다도 그저 하잘것없는 일에 더 관심을 두는 남자가 아닌가. 그자는 자신의 행복이 무엇인가를 알기나 하는 것일까? 로테의 가치만큼 그녀를 존경하고 있을까? 그는 로테를 아내로 두고 있지. 그것은 과연 그렇다. ─너무도 잘 알고 있다. 나는 이 사실에 이미 익숙해져 있다. 그러나 이 사실은 나를 미치게 한다. 내 숨통을 조인다. ─도대체 그의 나에 대한 우정은 지속되고 있는 것일까? 이미 이 남자는 로테를 향한 내 애정을 자신의 권리에 대한 침해라 생각하는 것은 아닐까? 로테에 대한 내 마음 씀씀이를 자신에 대한 은근한 비난이라고 생각하고 있지는 않을까? 알고 있지, 나는 잘 알고 있다. 그는 나를 만나고 싶어하지 않는다. 내가 멀어지기를 바라고 있다. 내가 얼쩡거리면 불편한 것이다.」

베르테르는 가끔씩 되돌아가려는 듯이 빠른 걸음을 멈추었다. 하지만 그때마다 계속 나아가면서, 이런저런 생각을 하고 그런 식으로 혼잣말을 하다가 어느새 별장에 도달했다.

그는 현관에 들어서면서 노인과 로테의 안부를 물었다. 집안은 다소 떠들썩했다. 제일 큰 남자 아이가 「저쪽 발하임에 큰 사건이 일어났어요. 농부가 한 명 죽었대요」 하고 얘기해주었다. ─베르테르는 이 말에 별로 동요하지 않았다. ─방에 들어가 보니, 로테가 열심히 노인을 만류하고 있었다. 아픈 몸인데도 노인은 밖에 나가 현장에서 사건을 조사해야 한다고 고집을 피우고 있었다. 가해자는 아직 밝혀지지 않았고 사체는 아침 일찍 문 앞에서 발견되었다고 했다. 피해

자는 어떤 부인의 머슴이었다. 이 부인은 전에 다른 남자를 고용하고 있었는데, 그 남자는 해고되어 불만을 품고 집을 나갔다는 소문이 나돌고 있었다.

그 말을 듣자 베르테르는 소스라치게 놀랐다.

「그게 사실입니까? 가봐야겠군요. 한시도 지체할 수 없어요!」라고 외쳤다. ―그는 발하임으로 급히 달려갔다. 모든 것이 생생하게 되살아났다. 그가 자주 입에 올렸던, 지금은 자신에게 있어서 극히 사랑스러운 인간으로 남아 있는 머슴. 범인이 그 머슴이라는 것은 전혀 의심할 여지가 없었다.

사체가 놓여 있는 술집에 가기 위해 보리수 사이를 빠져나가면서, 그는 예전에 그렇게 좋아했던 이 장소에서 공포감을 느꼈다. 근처 아이들이 모여 자주 놀곤 했던 입구가 피로 물든 것이다. 애정과 진실, 이 가장 아름다운 인간의 감정이 폭력과 살육으로 변해버린 것이다. 잎이 다 떨어진 높은 나무의 가지에는 서리가 내려앉았고, 낮은 묘지 벽을 덮고 있던 아름다운 산울타리도 누렇게 시들어서, 그 틈새로 눈에 덮인 묘비가 보이고 있었다.

마을 사람들이 모여 있는 술집에 도착했을 때, 돌연 비명소리가 터져 나왔다. 멀리서 무장한 사람들이 떼를 지어 오고 있었다. 경찰이 범인을 잡아오고 있다고 모두가 외쳤다. 베르테르도 그쪽을 보았는데, 아니나 다를까 그 남자였다. 여주인을 그렇게 격정적으로 사랑했던 머슴, 바로 얼마 전 울분을 감추고 깊은 절망에 빠져 서성거리다가 베르테르와 마주쳤던 그 남자였다.

베르테르는 붙잡힌 남자 쪽으로 달려가 외쳤다.

「자네, 도대체 어찌 된 일인가?」

남자는 조용히 베르테르를 바라보고 아무 말도 하지 않았지만, 이윽고 침착하게 대답했다.

「아무도 그 사람을 차지하지 못할 거예요. 그 사람은 누구와도 함께해선 안 돼요.」

사람들은 남자를 술집 안으로 끌고 들어갔다. 그리고 베르테르는 서둘러 그 자리를 떠났다.

이 기막히고 무시무시한 충격으로 인해 베르테르는 온통 뒤죽박죽 혼란에 빠졌다. 순간, 그는 자신의 비애와 불만, 무감동한 자포자기 상태에서 헤어나왔다. 억누를 수 없는 동정심이 그의 마음을 사로잡았다. 어떻게든 도와주지 않으면 안 된다는 생각에 그는 안절부절못했다. 그는 이 남자의 불행을 절실히 느꼈다. 범인이지만 정상을 참작할 수 있을 거라고 생각했다. 그 머슴의 입장이 되어 사건을 대했기에 다른 사람도 충분히 설득할 수 있으리라 확신했다. 당장 그 자리에서도 그 남자를 변호할 수 있을 것 같았고, 아주 활발한 변론이 입에서 술술 나올 듯하여 별장으로 서둘러 가는 도중에도 로테의 아버지인 법무관에게 진술하려는 모든 것을 작은 소리로 중얼거리지 않을 수 없었다.

방에 들어서자 알베르트가 와 있었다. 이것은 순간 그를 불쾌하게 했다. 그러나 베르테르는 곧 마음을 고쳐먹고 법무관을 향해 열성을 다해 자기의 의견을 말했다. 법무관은 들으면서 두세 번 머리를 흔들었다. 베르테르는 한 인간이 다른 한 인간을 변호하기 위해 할 수 있는 모든 것을 아주 열심히 진심을 가지고 늘어놓았다. 그러나 쉽게 짐작할 수 있듯이, 법무관은 조금도 마음을 움직이지 않았다. 오히려 베르테르의 말이 채 끝나기도 전에 강하게 반대를 하며, 살인범을 비호하는 베르테르의 잘못을 꾸짖고, 만약 베르테르의 주장이 통한다면 모든 법률은 무효가 되어 국가의 안녕을 위태롭게 할 것이라고 했다. 또 자신은 이 경우에 있어 최대 책임자로서 만사 질서 정연하게 소정의 절차를 밟도록 하겠다고 덧붙였다.

베르테르는 그래도 승복하지 않고 그 남자를 도망치게 하여 구해주는 사람이 있다면 모쪼록 눈을 감아달라고 간청했다. 그러나 법무관은 이것도 거절했다. 잠시 후 알베르트가 개입하여 늙은 법무관 측에 섰기 때문에 베르테르는 할 말을 잃고, 법무관으로부터 몇 번이나 「안 되네, 그 남자를 구해줄 수는 없어」라는 말을 들은 후, 심한 고통을 안고 물러났다.

이 말이 그에게 얼마나 큰 타격을 주었는지, 그가 남긴 종이 쪽지에서 그것을 헤아릴 수 있다. 이것은 그날 쓰인 것이 분명하다.

「너는 구원받을 수 없다, 불행한 남자여. 나는 잘 알고 있다. 우리는 모두 구원받을 수 없다는 것을.」

법무관의 면전에서 알베르트가 붙잡힌 남자에 대해 한 마지막 말은 베르테르의 마음에 큰 상처를 안겨주었다. 베르테르는 그 말 속에 얼마간 자신에 대한 적의가 담겨 있다고 믿었다. 잘 생각해보면 두 사람의 말이 옳다는 것을 영리한 그가 모를 리 없었다. 그러나 만약 이를 인정하게 되면 자신의 깊은 곳에 있는 것을 단념해야만 할 것 같은 느낌이 들었던 것이다.

이것과 관계가 있는 쪽지 하나가 베르테르가 남긴 서류 속에서 발견됐다. 그것은 알베르트에 대한 베르테르의 속마음을 잘 나타내주는 것이라 할 수 있다.

「그가 훌륭하고 좋은 사람이라고 몇 번이고 나 자신에게 납득시킨다 한들 그것이 무슨 도움이 되겠는가? 이것을 생각하면 가슴이 찢어지는 것 같다. 나는 결코 공정할 수가 없다.」

포근한 밤, 눈이 녹아내리고 있었다. 로테는 알베르트와 걸어서 집으로 돌아왔다. 돌아오는 길에 로테는 몇 번이나 주위를 돌아보았는데, 베르테르가 함께 걷지 않는 것이 섭섭한 모양이었다. 베르테르에 관한 얘기를 시작한 알베르트는 공평한 태도를 갖추긴 했지만 그를 비난했다. 그의 불행한 정열을 언급하며 될 수 있으면 멀리하길 바란다고 말했다.

「우리를 위해서도 그것이 바람직하다고 생각하오. 부탁이니 그 남자가 너무 자주 찾아오지 않도록 해요. 또 당신에 대한 그 남자의 태도가 다른 방향으로 새지 않도록 주의해 줬으면 좋겠소. 주위가 시끄러워요. 벌써부터 여기저기서 좋지 않은 소문이 나돌기 시작했소.」

로테는 침묵하고 있었다. 이 침묵이 알베르트의 마음에 거슬린 것 같았다. 적어도 이날 이후, 알베르트는 로테와 함께 있을 때 베르테르에 관한 얘기를 조금도 입에 올리지 않았다. 로테 쪽에서 베르테르 얘기를 꺼내려고 하면 알베르트는 입을 다물든가, 혹은 화제를 바꾸어버렸다.

불행한 남자를 구하려고 베르테르가 시도한 허무한 행위는 다 꺼져가는 등불이 최후에 확 피어오르는 듯한 것이어서, 이때부터 베르테르는 한층 더 깊이 고통과 무위 속으로 떨어져갈 뿐이었다. 특히, 문제의 그 남자가 지금은 범행을 부인하고 있기 때문에, 자신이 반대 증인으로 소환될지도 모른다는 얘기를 들었을 때, 베르테르는 거의 정신을 잃을 뻔했다.

예전에 속물들과 섞이면서 그가 경험했던 불쾌감, 공사관에서 근무하던 때의 분개, 그 외에 그가 실패한 모든 것, 옛날에 받았던 모욕, 그러한 것들이 하나 둘씩 베르테르의 마음속에서 떠올랐다. 그는 생각했다. 이러한 것 모두를 맛본 자신이 무위에 빠지는 것은 당연하다고. 자신은 앞날의 모든 희망으로부터 단절된 몸이며, 현세의 삶을 살기 위한 한 가닥의 실마리도 잡을 수가 없다고. 이렇게 베르테르는 한 발 한 발 슬픈 최후를 향해 다가가고 있었다. 자신의 불가사의한 정념과 사고, 끝없는 정열에 몸을 맡기고 사랑스런 여인의 조용한 생활을 어지럽히면서, 아무리 기다려도 변할 리 없는 서글픈 만남을 끌어가고 있었다. 그리고 목적도 없고 가능성도 없는 일에 애써 자신의 정력을 불러 일으켜 이것을 소진해가는 것이었다.

다음에 삽입하려고 하는 몇 통의 서간은 그의 혼란과 정열, 그 끊임없는 몸부림과 허무한 노력, 생의 권태 등을 가장 잘 얘기해주고 있다.

12월 12일

빌헬름, 마귀에 쫓기고 있는 것이라고 세상 사람들로부터 손가락질당하는 그런 불행한 남자가 있지. 말하자면 내 현재의 상태가 그런 것이라네. 때때로 나에게 덮쳐오는 그것은 불안인가, 욕망인가?—아니, 그것은 뭔지 모를 미치광이 같은 충동이다. 그것이 내 가슴을 쥐어뜯으려고 해. 내 목구멍을 힘껏 조르려고 해. 말할 수 없이 괴롭다네. 그러면 나

185

는 참지 못하고 황량한 겨울밤 삭막한 거리를 정처 없이 헤
매는 거야.

지난밤엔 밖으로 나가지 않을 수 없었다네. 갑자기 날씨
가 따뜻해진다 싶더니, 작은 냇물이 불어 강이 넘치고 발하
임의 하류 쪽에 있는 내가 아끼던 계곡이 범람했다는 거야.
시간은 열한 시를 가리키고 있었지만 서둘러 밖으로 나가보
았네. 무시무시한 광경이었어. 바위 위에 서서 내려다보니,
달빛 속에서 물이 소용돌이치며 떨어지고, 밭이며 목장, 산
울타리 모두 인정사정없이 삼켜졌지. 넓은 계곡 사이를 흐
르는 강물은 위, 아래 할 것 없이 마치 폭풍 속에 미쳐 날뛰
는 바다와 같았다네. 먹구름 뒤로 숨은 달이 다시 얼굴을 내
밀자, 눈앞에 범람하는 강물이 섬뜩한 달빛 아래 괴성을 질
러댔어. 그러자 전율에 이어 그리움과도 같은 무언가가 덮
쳐오는 거야. 나는 팔을 벌리고 심연을 향해 서서 깊은숨을
내쉬었다네. 그리고 내 고통과 번민, 근심 모두를 미쳐 날뛰
는 저편에 흘려보내고 파도처럼 울려 퍼지는 환희에 넋을
잃었지! 아아, 그러나 나는 그 한 발을 지면에서 들어올림으
로써 일체의 고뇌를 끊어버리지는 못했다네. ─내 모래시계
의 모래는 아직 다 떨어지지 않은 거야. 그것은 내가 알지.
빌헬름, 내가 구름을 찢어 저 폭풍과 함께 홍수 속으로 덤벼
들 수 있다면 기꺼이 내 존재를 내버릴 걸세. 언젠가는 얽매
인 이 몸에도 그러한 환희가 주어지지 않을까?

우울한 마음으로, 어느 여름날 산책 길에 로테와 함께 쉬

었던 작은 광장의 버드나무 그늘을 찾았다네. ―그곳도 물에
잠겨 있더군. 그 버드나무조차 알아볼 수 없을 지경이었어.
나는 생각했지. 로테의 집 목장이나 별장 주위, 우리의 정자
가 넘실대는 물살에 떠내려가지는 않았을까? 감옥의 죄수들
이 푸른 목장과 가축 떼, 그리고 명예로운 직위를 꿈꾸는 것
처럼 지나간 날의 기억이 태양처럼 비쳐왔다네. 나는 계속
서 있었어. ―나 자신을 책망하려는 생각은 없다
네. 나에게는 죽음을 선택할 용기가 있으니
까. ―차라리―그러나 지금 나는 여기에 노파
처럼 앉아 있다네. 살아봐야 아무 보람도 없
는 구차한 목숨을 조금이나마 늘리기 위해, 남의
집 울타리에서 장작을 주워 모으고 남의 집 문간
에 서서 빵을 구걸하는 노파처럼 말이야.

12월 14일

무엇인가, 이것은? 스스로도 놀라지 않을 수 없다네. 로테
를 향한 사랑은 가장 신성하고 순수한, 형제애와도 같은 것
이 아니었던가? 한 번이라도 불경한 욕망을 마음에 품은 적
이 있었던가? ―맹세할 수는 없다 해도―그런데 이 꿈은 대
체 뭐란 말인가? 사람들은 흔히 모순된 작용을 자신과 관계
가 없는 힘의 탓으로 돌리는데, 그것은 정말 그렇다네. 어젯

밤의 일이었지. 입에 담기조차 꺼려지는군. 내가 로테를 안 아 가슴에 꼭 밀어붙이고, 사랑을 속삭이는 그 입을 한없는 입맞춤으로 덮어버린 거야. 내 눈은 로테의 황홀한 눈동자 속에 녹아 들어가고 있었지. 신이여, 지금도 그 타는 듯한 기쁨을 다시 불러들이려는 제 자신을 벌해야 합니까? 로테! 로테!—나는 이미 끝장난 것 같네. 감각은 혼란스럽고, 벌써 일주일 내내 머리는 텅 빈 채 눈물만 흘러내린다. 어디를 가 도 불쾌하고 어디에 있어도 우울해. 아무 소망도 없네. 이제 는 떠나는 것이 좋겠어.

이 세상에서 사라지려는 결심은 이러한 상황에서 점차 베 르테르의 마음을 점령하고 있었다. 로테 곁에 돌아온 이래, 그것은 항상 베르테르의 마지막 희망이자 염원이었다. 그러 나 그는, 성급한 마음에 일을 벌여서는 안 되며 굳게 결심을 한 후에 가능한 한 냉정하고 단호하게 행해야 한다고 자신 을 설득했다.

그의 망설임, 자신과의 싸움은 빌헬름 앞으로 쓴 것이라 생각되는 한 장의 편지에서 엿볼 수가 있다. 이것은 날짜 없 이 그의 서류 사이에 끼워져 있었던 것이다.

그녀가 있다는 것, 그녀의 운명, 내 운명에 대한 그녀의 동정, 그러한 것을 생각하면 바싹 마른 두 눈에서도 이슬 같 은 눈물이 스며 나온다네.

막을 젖히고 그 속에 들어간다. 그러면 모든 문제는 끝이나. 그런데 나는 왜 그것을 머뭇거리고 있는 것인가? 그 속이 어떻게 생겼는지 모르기 때문인가? 그리고 두 번 다시 돌아올 수 없기 때문인가? 아무것도 확실치 않은 경우, 혼란과 암흑만을 예상하는 건 결국 인간의 천성인 모양일세.

베르테르는 결국 자살이라는 슬픈 관념에 익숙해지게 되어, 결심은 흔들림 없는 굳건한 것이 되었다. 빌헬름에게 보낸 다음과 같은 불분명한 내용의 서간이 그 증거다.

12월 20일

그 말을 그런 식으로 해석해준 자네의 우정에 감사하네. 정말 자네가 말한 대로 나는 떠나는 것이 좋을 것 같아. 그러나 자네들 곁으로 돌아오라는 제안에는 찬성할 수 없다네. 적어도 한 번은 더 돌아서 가고 싶거든. 특히 추위가 계속되어 길이 좋아 보이니까. 자네가 나를 맞으러 와준다니 정말 기쁘네. 하지만 부디 이 주일 정도는 기다려주게. 그 사이의 일에 관해서는 다시 편지를 한 통 쓰겠네. 무엇이든 다 익기 전에 따버려서는 안 되는 것이지. 이 주일 빠르거나 늦는 것은 큰 차이야. 어머니께는 아들을 위해 기도해주시기 바란다고 전해주게. 그리고 여러모로 불효를 저지르게 되어 죄송하다고, 부디 용서해주시기 바란다고 말이야. 기쁨을 주어야 할 사람들에게 오히려 걱정을 끼치는 것이 역시 내 운명인가 보다. 잘 있게, 빌헬름. 하늘의 축복이 자네 앞에 깃들길. 잘 있게.

이즈음 로테의 마음이 어떠하였는지, 자신의 남편, 자신의 불행한 친구에 대해 어떤 생각을 하고 있었는지 우리는 감히 이것을 말로 표현할 용기가 없다. 물론 우리가 알고 있는 로테의 인격으로 미루어 보아 어느 정도는 이것을 헤아릴 수 있고, 순수한 영혼을 가진 여성이라면 로테의 입장이 되어 로테와 같이 느껴볼 수가 있을 것이다. 우리가 이것만은 확실하다고 단언할 수 있는 것은 그녀가 베르테르를 멀리하기 위해 최선을 다해야겠다고 굳게 결의한 것으로, 그녀에게 망설임이 보였다면 그것은 베르테르에 대한 애정이 담긴 따뜻한 마음에서였을 것이다. 그녀의 결심이 베르테르에게 얼마나 큰 희생을 요구하는지를, 아니 그것은 그에게 있어서 불가능에 가깝다는 것을 그녀는 알고 있었기 때문이다. 그러나 이 무렵이 되자 그녀는 결연한 태도를 취할 필요성을 절실히 느꼈다. 그녀도 그녀의 남편도 이 관계에 대해서는 일언반구도 입 밖에 내지 않았기 때문에, 그녀는 그만큼 자신의 생각이 결코 남편의 그것에 뒤지지 않는다는 것을 실제 행동으로 증명해 보이지 않으면 안 되었던 것이다.

여기 마지막에 삽입한 편지를 베르테르가 빌헬름에게 쓴 날은 마침 크리스마스 전 일요일이었다. 저녁때 베르테르는 로테를 방문했다. 로테는 집에 혼자 있었다. 어린 동생들을 위해 크리스마스 선물로 마련한 장난감을 정리하고 있는 중이었다. 베르테르는 선물을 받는 아이들의 기쁨이라든지, 갑자기 방문이 열리고 촛불이나 과자, 사과 등으로 장식된 방의 모습에 천국에라도 온 양 넋을 잃었던 시절에 대해 얘기했다. ─로테는 곤혹스러움을 상냥한 미소로 감추면서 「착하게 말을 잘 들으면 당신에게도 좋은 선물을 줄 거예요. 장식용 초 하고 또 뭔가…….」

「착하게 말을 잘 듣다니 도대체 어떻게 하면 되는 거죠? 어떻게 하고 있으라는 거죠? 내가 어떻게 하고 있어야 하나요? 로테.」

「목요일 밤이 크리스마스이브죠. 아이들과 아버지도 오세요. 그때는 모두가 선물을 받을 거예요. 당신도 그때 오세요. ─하지만 그 전에는 안 돼요.」

베르테르는 뜨끔했다.

「부탁이에요. 이렇게 말씀드릴 수밖에 없어요. 제 마음의 평안을 위해서라도, 부탁이에요. 이대로는 도저히 안 돼요.」

그는 눈을 돌리고 방 안을 이리저리 걸었다. 그리고 들릴 듯 말 듯한 목소리로 「이대로는 안 된다」라며 중얼거렸다. 이 중얼거림에 베르테르가 빠지게 된 무서운 상태를 확실히 느낀 로테는 다시 말꼬리를 돌려, 다른 말로 베르테르의 기분을 풀어주려고 했지만, 이미 늦은 일이었다.

「그러고 말고요, 로테. 나는 이제 두 번 다시 당신을 만나지 않겠습니다.」

「어머, 왜요? 또 만날 수 있어요. 만나지 않으면 안 돼요. 단지 적당하게 해주셨으면 하는 거예요. 당신이란 분은 어째서 한번 손을 댄 일이라면 무엇이든 이렇게 격하게 정열적으로 매달리는 것일까요? 본래 천성이 그러한 것이겠죠. 부탁이에요」 하고 로테는 베르테르의 손을 잡았다.

「적당히 해주세요. 훌륭한 인격을 지니고 계시고 학식과 재능도 있으시잖아요. 얼마든지 즐겁게 지낼 수 있어요. 대범한 남자답게 행동해주세요. 애처롭게 저 같은 걸 사랑하지 마세요. 당신을 동정하는 것 말고 전 당신에게 해줄 수 있는 게 없어요.」

베르테르는 입술을 깨물며 어두운 눈빛으로 로테를 바라보았다. 로테는 다시 베르테르의 손을 잡았다.

「어떻게든 마음을 좀 가라앉히세요, 베르테르. 당신은 자신을 속이고, 일부러 자신을 파멸시켜 끝장을 보려 하고 있어요. 도대체 왜 저를 선택하셨나요? 하필이면 다른 사람의 소유인 저를. 당신이 그러한 소망에 이토록 정열을 쏟는 것은 단지 저를 소유할 수 없다는 점이 당신의 욕망을 자극하기 때문일지도 몰라요.」

베르테르는 로테의 손에서 자신의 손을 빼고, 차가운 눈초리로 로테를 물끄러미 쳐다보았다.

「훌륭해, 정말 훌륭해. 틀림없이 알베르트로부터 주의를 받은 게로군요. 연극이에요. 아주 멋진 연극이에요.」

로테는 대답했다.

「아니요, 이런 말은 누구라도 할 수 있어요. 하지만 도대체 이 넓은 세상에 당신의 소망을 이루어줄 만한 사람이 없다니, 그런 일이 있을 수 있겠어요? 마음먹고 찾아보신다면 반드시 발견할 수 있을 거예요. 이미 오래전부터 저는 걱정이 되어 견딜 수가 없었어요. 당신은 계속 자신을 일부러 꽁꽁 동여매고 있어요. 당신을 위해서, 그리고 우리를 위해서 제발 마음을 바꾸어주세요. 여행을 하면 어떨까요? 기분이 좋아질 거예요. 꼭이요. 찾아보세요. 당신 마음에 드는 분을 발견하세요. 그리고 돌아오세요. 그래서 모두 즐겁게 진정한 우정이라는 것을 맛보며 즐기자고요.」

베르테르는 냉소를 떠올렸다.

「이거 대서특필할 만하군. 가정교사 양반들에게 추천할 만해. 로테, 부디 조금만 더 참아줘요. 그러면 모든 일이 잘 되어갈 테니.」

「어쨌든 부탁이니 크리스마스이브까지는 찾아오지 말아 주세요.」

베르테르가 대답하려고 했을 때 알베르트가 방에 들어왔다. 두 사람은 형식적으로 인사를 나누고 불편한 모습으로 나란히 방 안을 서성거렸다. 베르테르가 별 의미 없는 얘기를 시작했지만 그것도 곧 끊어져 버렸다. 알베르트도 그런 식으로 얼버무리고 있다가 로테에게 부탁해두었던 일이 어찌 됐는지를 물었다. 아직 마무리를 못 했다는 말을 듣고 알베르트는 로테에게 몇 마디 했다. 이 말은 베르테르에게 냉담하게, 아니 가혹하게까지 들렸다. 베르테르는 돌아가려 했지만 돌아가지 못하고, 머뭇거리는 사이 여덟 시가 되었다. 마음속의 불만과 불쾌감은 더욱 심해질 뿐이었다. 이윽고 식사가 준비되었다. 베르테르는 모자와 지팡이를 들었다. 알베르트가 더 있다 가라는 말을 했지만, 베르테르는 이것을 빈말이라 생각하고 냉랭하게 발길을 돌려 집을 나왔다.

집에 돌아온 베르테르는 발치를 비추려고 등불을 내미는 젊은 하인의 손에서 그것을 빼앗아 들고, 혼자 방으로 들어가 소리내어 울었다. 흥분해서 혼잣말을 하며 초조하게 방 안을 서성거리다가 결국 옷을 입은 채 침대 위에 쓰러졌다. 열한 시 경, 구두를 벗겨야 하는지 물으려고 하인이 생각다 못해 그의 방에 들어와 보니, 베르테르는 아직 그 모습 그대로 침대 위에 누워 있었다. 베르테르는 하인에게 구두를 벗겨달라고 하고, 내일은 부를 때까지 방에 들어오지 말라고 명했다.

12월 21일 월요일, 아침 일찍 베르테르는 로테에게 다음과 같은 편지를 썼다. 이것은 그가 자살한 후, 봉인된

채로 책상 위에서 발견되어 로테에게 건네졌다. 여러 가지
점으로 추측해보건대, 베르테르가 단속적으로 쓴 것이라 생
각되기 때문에 편집자는 중간중간 설명을 삽입하면서 이것
을 싣기로 한다.

　　　　　결심했습니다, 로테. 나는 죽으려고 합니다. 나는
이것을 감상적인 과장 없이 침착하게 당신을 만나는
마지막 날 아침에 쓰고 있습니다. 당신이 이 편지를
읽을 무렵엔 이미 차가운 무덤이 최후를 맞은 남자의
경직된 사지를 덮고 있을 것입니다. 그는 당신과 얘기하는
것 외에 어떤 기쁨도 모르는 불행하고 가련한 남자지요. 무
시무시한 밤이었습니다. 그러나 생각하면 고마운 밤이었습
니다. 죽으려는 내 결심을 확실히 굳혀준 것은 이 한밤이니
까요. 어제, 무서운 감정의 소용돌이 속에서 당신으로부터
몸을 떼치듯 이별을 하고 오니, 그날의 일 모두가 물결처럼
밀려들었습니다. 당신 곁에 머물 수 있는 희망도 기쁨도 없
는 나라는 존재를 생각하니, 온몸에 소름이 돋듯 차가운 느
낌이 들었습니다. 그리고 가까스로 내 방에 돌아와서는 정신
을 잃고 무너지고 말았습니다. 아아! 신이시여, 당신은 나에
게 최후의 위안으로 가장 슬픈 눈물을 주셨습니다. 마음속에
서는 무수한 계획과 희망이 소용돌이치고 있었지만 결국엔
단 하나의 생각이 굳어졌습니다. 자살입니다. — 자리에 누웠
던 그대로 아침, 침착한 상태로 눈을 뜬 지금도 이 생각은 여

전히 흔들리지 않고 확연히 남아 있습니다. ─이것은 절망이 아닙니다. 끝까지 힘을 다했다는 안도감입니다. 당신을 위해 희생한다는 확신입니다. 그래요, 로테. 내가 잠자코 있을 필요가 어디 있습니까? 우리 셋 중 누군가 한 사람이 물러나지 않으면 안 됩니다. 그리고 내가 자진해서 그 역할을 맡은 것입니다. 고백하자면 나의 갈기갈기 찢어진 마음속에서는 늘─당신의 남편을 죽이자─당신을─나를 죽이자는 생각이 은밀히 고개를 들고 있습니다. ─이제 됐어요, 그런 건. ─아름다운 여름날 저녁 산에 오르면, 때때로 계곡을 찾아 올라왔던 나를 떠올려주세요. 그러한 때는 은은한 노을빛 아래 바람에 날리는 커다란 풀줄기 저쪽, 내 무덤을 바라봐 주세요. ─이 편지를 쓰기 시작했을 땐 침착한 상태였는데 지금은, 지금은 어린애처럼 울고 있습니다. 이 모든 것이 생생하게 눈앞에 떠오르기 때문이겠죠.

열 시경에 베르테르는 하인을 불렀다. 그리고 옷을 입으면서 조만간 집을 떠나 여행을 하니 옷에 솔질을 하고, 모든 짐을 꾸릴 수 있도록 준비를 해두라고 일렀다. 또, 지불할 것이 남았으면 전부 청구서를 받아 오고, 빌려준 책 몇 권은 찾아오도록 했으며, 일주일마다 얼마간 주곤 했던 몇몇 가난한 사람들에게는 2개월분을 미리 주도록 명했다. 식사를 방으로 가져오게 하고, 식후에는 말을 타고 노법무관의 집을 방문했는데 부재중이었다. 생각에 잠긴 채 정원을 돌아보는 모습이, 이것을 마지막으로 갖가지 슬픈 과거의 추억을 가슴 깊이 품어두기라도 하려는 듯 보였다.

어린 동생들은 그가 혼자 있게 놔두지 않았다. 뒤를 쫓아 다니기도 하고 펄쩍 뛰어 어깨에 매달리기도 하며 재잘거렸다. 「내일, 또 내일, 그리고 또 하루가 지나면 언니 집에 크리스마스 선물을 받으러 가는 거야」 하며 마음껏 상상력을 발휘해서 멋진 선물을 눈앞에 그렸다.

「그래. 내일, 또 내일, 그리고 또 내일이지.」

베르테르는 이렇게 말하고 아이들 모두에게 애정이 담긴 뽀뽀를 해주었다. 그리고 돌아가려 하자, 작은 남자 아이가 베르테르의 귓가에 대고 「형들이 아주 커다란 카드를 썼어요. 이렇게 커요. 한 장은 아버지, 한 장은 알베르트 아저씨와 누나, 그리고 또 하나는 베르테르 아저씨 건데 새해 아침에 열어보는 거예요」 하며 비밀 얘기를 속삭였다. 그는 눈물이 복받쳐 모두에게 조금씩 용돈을 나눠주고는 서둘러 말에 올라 아버지께 안부 전해달라는 말을 남기고 그곳을 떠났다. 다섯 시경에 집에 돌아온 그는 가정부에게 밤늦게까지 불이 꺼지지 않도록 난로를 지켜봐 달라고 일렀다. 하인에게는 계단 밑에서 책과 옷 짐을 꾸리게 하고, 옷은 포대에 넣어 입구를 꿰매게 했다. 다음에 싣는 로테 앞으로 쓴 유서의 한 구절은 아마 그 후에 쓴 것으로 짐작된다.

설마라고 생각했겠죠. 내가 얌전하게 크리스마스이브까

지 기다릴 것이라고 생각했겠죠. 로테, 오늘 만나지 못하면 영원히 만날 수 없게 됩니다. 이 편지는 크리스마스이브에 당신 손에 닿을 겁니다. 당신은 온몸을 떨며 이 편지를 눈물로 적시겠죠. 나는 죽습니다. 죽지 않으면 안 됩니다. 결심이 굳어져 마음이 정말 편합니다.

그 사이 로테는 기묘한 상태에 빠져 있었다. 베르테르와 그렇게 헤어지고 나니 그와 헤어지는 것이 얼마나 괴로운 일인지, 또 그에게 역시 그것이 얼마나 고통스러운 일인지 절실히 느낀 것이다.

베르테르가 크리스마스이브 전까지 찾아오지 않을 거라는 사실은 알베르트와 함께 있을 때 넌지시 말해두었다. 알베르트는 용건이 있어서 근처의 관리 집에 말을 타고 나가 부득이 하룻밤 묵고 오기로 되어 있었다.

그래서 로테는 혼자 앉아 있었다. 어린 동생들도 없고, 아무도 없는 이때에 그녀는 조용히 자신의 주변 일을 이것저것 생각했다. 로테는 지금 남편과 굳게 연결되어 있다는 사실을 마음 깊이 인식하고 있었다. 남편의 애정과 진실도 잘 알고 있고, 자신 역시 진심으로 남편을 사랑하고 있었다. 안정되고 믿음직스러운 남편은 그녀의 생활 속에서 행복을 구축하려는 성실한 여자에게 마치 하늘에서 내려주신 축복과도 같은 것이었다. 그녀 자신이나 아이들에게 있어서 앞으로 남편이 얼마나 큰 의지가 될 것인가도 잘 알고 있었다.

그러나 그 한편, 베르테르 역시 로테에게는 둘도 없는 존재였다. 서로 알게 된 최초의 순간부터 두 사람의 마음은 너무나도 절묘한 조화를 이루었고, 오랜 기간 베르테르와 만나며 같이 지내온 순간순간은 로테의 마음에 씻어내기 어려운 추억을 남겨놓았다. 재미있다고 느낀 것, 즐겁다고 생각한 시간들은 대부분 베르테르와 함께 나눈 것이었다. 베르테르와 멀어지게 되면 자신이라는 존재에 다시는 메우기 힘든 구멍이 뻥 뚫릴 것 같은 느낌이 들었다. '아아, 지금 이 베르테르라는 사람을 내 형제로 바꿀 수 있다면 얼마나 행복할까?—내가 친하게 지내는 여자와 베르테르를 결혼시킬 수 있다면, 베르테르와 알베르트의 관계도 완전히 원점으로 되돌릴 수 있을 텐데.'

로테는 자신의 여자 친구들을 한 명씩 떠올려보았다. 그러나 어느 누구에게도 모두 결점이 있어서 「이 사람이라면」하고 베르테르에게 선뜻 권할 만한 상대는 하나도 없었다.

이런 식으로 생각을 엮어나가는 동안 로테는, 자신이 은근히 베르테르를 자기 곁에 머무르게 하고 싶어하고, 또 절실히 원하고 있다는 사실을 처음으로 깊이 느낄 수 있었다. 그러나 그와 동시에 그를 자기 곁에 붙잡아둘 수 없을뿐더러 그런 짓은 용서되지도 않는다고 자신을 설득했다. 순수하고 아름답고 경쾌하여 평소에는 항상 명랑하기만 하던 로테가 이날 밤만은 답답한 괴로움에 잠기어 앞길에 실낱같은 행복감도 찾을 수가 없었다. 마음은 조여오고 눈빛엔 음울한 그늘이 드리워졌다.

여섯 시 반이 될 무렵, 그녀는 베르테르가 계단을 올라오는 듯한 소리를 들었다. 그리고 곧 그 발소리, 로테를 찾는 목소리를 들을 수 있었다. 로테의 심장은 방망이질하기 시작했다. 베르테르를 맞이하며 이렇게 가슴이 두근거리기는 처음이었을 것이다. 할 수만 있다면 집에 없다고 꾸며대고 싶었다. 그가 방에 들어오자 로테는 평정을 잃고 열띤 목소리로 외쳤다.

「약속은 어떻게 된 거죠?」

「약속 같은 건 하지 않았어요.」

「그렇다 해도 저의 부탁 정도는 들어주실 수 있잖아요. 서로의 평화를 위한 부탁이었다고요.」

무슨 말을 하고 있는지 로테 자신도 알 수가 없었다. 로테는 베르테르와 단둘이 있는 것을 피하기 위해 몇몇 여자 친구 집에 심부름꾼을 보냈다. 베르테르는 가지고 온 몇 권의 책을 밑에 내려두고, 다른 것은 없느냐고 물었다. 로테는 친구들이 빨리 와주었으면 좋겠는지 오지 말았으면 좋겠는지 갈피를 잡지 못한 채 그저 마음만 초조할 뿐이었다. 하녀가 돌아와서, 모두 일이 있어서 올 수 없다는 말을 전했다.

로테는 옆방에서 하녀에게 일을 시키려고 했다. 그러나 곧 생각이 바뀌었다. 베르테르는 방 안을 서성거리고 있었다. 로테는 피아노 앞에 앉아 미뉴에트를 치기 시작했지만 손가락이 생각대로 움직여주질 않았다. 마음을 다잡고 아무렇지 않은 듯 베르테르 옆에 다가가 앉았다. 베르테르는 평상시처럼 긴 의자에 걸터앉아 있었다.

「뭔가 읽을거릴 갖고 계시지 않나요?」

「아무것도 없어요.」

「저쪽 제 서랍 안에 당신이 번역하신 오시안의 노래가 몇 구절 들어 있어요. 아직 읽지 않았답니다. 당신이 읽어주셨으면 했지요. 하지만 내내 적당한 시간이 없었고 그런 기회를 일부러 만들 수도 없었어요.」

베르테르는 미소를 지으며 원고를 가져왔다. 그것을 손에 들자, 알 수 없는 전율이 그를 덮쳤다. 원고에 눈을 떨구었을 때는 눈물이 넘쳐흘렀다. 베르테르는 의자에 앉았다. 그리고 낭독했다.

「저물어가는 밤의 별이여, 그대는 서쪽에서 아름다운 빛을 발하며 구름 사이로 그대의 빛나는 얼굴을 들고 엄숙하게 그대의 언덕을 방황하는구나. 황야를 바라보며 그대 무언가를 찾는다. 휘몰아치는 바람이 잠잠해지자 멀리서 작은 시냇물 소리가 들려오고 바위 사이를 씻어 내리는 파도 소리 멀어진다. 신음하는 파리 떼가 들녘 위에 무리를 이룬다. 아름다운 빛이여, 무엇을 바라보는가? 하지만 미소 지으며 가는 그대를 파도는 환희로 둘러싸고, 그대의 부드러운 머리카락을 씻어준다. 안녕, 고요한 빛이여. 나타나라, 오시안의 마음, 그대, 장렬한 빛이여.

힘있게 모습을 드러내라. 죽은 나의 친구들은 지나간 나날처럼 로라에 모여든다. —핑갈은 젖은 안개 기둥처럼 사방에 그 용사들을 거느리고 있다. 보라, 노래하는 자가 오는 것을. 백발이 성성한 울린, 대장부 리노, 아름다운 목소리의 알핀, 그리고 그대, 깊은 슬픔에 한탄하는 미노나. 희미하게 속삭이는 풀줄기가 언덕을 스치는 봄바람에 나부끼듯이 우리 노래의 영예를 위해 다투던 셀마의 화려했던 나날을 생각하면, 아! 친구여, 그 머리칼의 자취도 찾을 수 없는 것은 어찌 된 일인가?

이때, 아름다운 미노나가 앞으로 나온다. 내리깐 눈에 눈물이 넘치고, 저 언덕 너머 불어오는 바람에 무거운 머리칼이 휘날린다. —미노나의 부드러운 목소리에 용사들의 마음은 슬픔에 싸인다. 과연 그들은 살가르의 무덤을 보고, 어두운 집에 홀로 있는 백발의 콜마를 발견한다. 아름다운 목소리의 콜마는 언덕 위에 버려지고, 살가르는 만날 것을 기약했지만 벌써 밤의 장막이 사방을 둘러쌌다. 언덕 위에 홀로 앉아 있는 콜마의 소리를 들어보아라.

콜마

밤이로다. 나 홀로 폭풍이 몰아치는 언덕에 앉아 있다. 바람은 산에 울려 퍼지고 흐르는 물은 바위를 삼키려 하는데, 오로지 나 혼자만 폭풍이 부는 언덕에 버려져 비바람을 견디고 있다.

달이여, 구름 사이로 떠올라라! 밤의 별들이여, 나타나라! 나를 인도하여 그곳에 도달케 해다오! 내 사랑하는 사람이 거친 사냥에서 활을 내리고 몸을 쉬며 사나운 개들을 거느리고 있는 그곳으로. 그러나 물살이 부딪치는 바위 위에 홀로 앉아 있으니, 들리는 건 오로지 물소리와 휘몰아치는 바람 소리뿐, 내 사랑하는 사람의 소리는 들리지 않는구나.

살가르여, 왜 머뭇거리는가? 약속을 잊었는가? 바위와 나무는 저곳에, 흐르는 물은 이곳에 있는데. 노을을 따라 오겠다고 약속하더니 아아, 그대는 어디에서 방황하고 있는가? 오만한 아버지와 오라비를 버리고, 그대와 함께 도망치리라 맹세했건만. 그대와 우리 집안은 오랜 원수지간이나, 너와 나는 아아, 살가르여.

잠시 침묵하거라, 오오, 바람이여! 잠잠하거라, 잠시만 오오, 흐름이여! 내 목소리가 계곡에 울려 퍼져 내 방황하는 사람이 이 소리를 들을 수 있게. 살가르여, 나는 그대를 부른다. 나무들, 그리고 커다란 바위와 함께 나는 여기에 있다, 살가르여. 무얼 그리 망설이는가?

보라, 달이 떠올라 계곡의 흐름을 비추고 언덕의 바위는 잿빛으로 물들었건만, 그 위에 너의 모습은 없고 너의 발걸음을 알리는 개들도 없다. 오직 나 혼자 여기에 앉아 있을 뿐. 그런데 저 황야에 서 있는 것은 누구인가? ─내 사랑하는 사람인가, 아니면 오라버니인가? ─말해다오, 나의 친구여. 내 마음은 몹시도 들떠 견딜 수가 없다. ─그러나 가련한 그 사람들은 이미 없어졌다. 그들의 칼은 전쟁의 피로 붉게 물들었구나. 오라버니, 오라버니, 어찌하여 나의 살가르를 죽이셨습니까? 오오, 살가르여, 어찌하여 내 오라버니를 죽이셨습니까? 모두 내가 사랑하는 사람인 것을. 아아, 오라버니는 언덕에 서 있는 많은 용사들 속에서 아름답게 빛났고, 내 연인은 모두가 두려워하는 무사였도다. 나에게 와서 내 목소리를 들어다오, 사랑하는 이들이여. 아아, 그러나 모두 영원히 돌아올 수 없다. 그들의 가슴은 흙과 같이 차갑구나.

오오, 언덕의 바위, 바람이 휘몰아치는 산꼭대기에서 목숨을 잃은 자들의 영혼이여! 나에게 말해다오. 나는 무섭지 않다. ─그대들은 어디로 가고 있는가? 어느 골짜기에서 그대들을 찾을 수 있는가?─바람에게 물어도 희미한 응답조차 없고, 언덕의 폭풍에 귀를 기울여도 저 멀리 어떤 목소리도 들리지 않는구나.

나는 주저앉아 슬픔에 잠겨 눈물을 흘리며 아침을 기다린다. 무덤을 파헤쳐다오, 죽어간 이들의 친구들이여. 그리고 내가 다다를 때까지 그대로 두어다오. 내 목숨은 꿈과 같이 사라져가는데 어찌 혼자 살아남을 수 있을꼬. 그러나 나는 냇물이 흘러 떨어지는 큰 바위 가에 내 친구들과 함께 살리라. 언덕 위에 밤이 오고 황야에 바람 불면 내 마음은 바람 속에 서서, 내 친구들의 죽음을 아파할 것이다. 오두막의 사냥꾼은 내 목소리에 두려움과 연민을 느낄 것이다. 내 친구를 생각하는 내 목소리는 달콤하리니 아아, 모두 나에게는 사랑스러운 사람인 것을.

토르만의 상냥하고 온순한 딸 미노나여, 이것이 그대의 노래인 것이다. 우리는 콜마를 위해 울었고, 마음은 착잡해졌다.

울린이 하프를 들고 나타나니 알핀이 노래를 불렀다. — 알핀의 목소리는 부드럽고 리노의 마음은 뜨거웠다. 하지만 그들은 이미 좁은 무덤 속에 몸을 누였고 그 목소리는 셀마에 울리지 않았다. 예전에 울린이 사냥에서 돌아왔을 때, 그 용사들은 아직 죽지 않았었다. 울린은 언덕 위에서 전사들의 노래를 들은 적이 있다. 그들의 노래는 부드럽고 슬펐으며, 용사 중의 용사, 모라르의 죽음을 애도하는 것이었다. 모라르의 영혼은 핑갈의 영혼과 같았고, 그의 칼은 오스카르의 칼과 같았다. 그러나 그가 쓰러지자 그의 아버지는 슬픔에 한탄했고 그의 여동생은 눈물로 밤을 지새웠다. 용맹한 모라르의 동생 미노나의 눈동자여! 미노나는 폭풍이 오는 것을 알고 아름다운 얼굴을 구름 사이로 감추는 서쪽 달과 같이 울린의 노래 앞에 물러섰다. 나는 울린과 함께 하프를 잡고 한탄의 노래를 불렀다.

리노

바람과 비가 잠잠하니 하늘은 이렇게 밝고 구름은 부서지는구나. 햇빛은 하늘을 달리며 언덕을 비추고, 산의 격류는 골짜기를 타고 붉게 흘러내린다. 감미로운 그대, 계류의 속삭임. 하지만 내가 듣는 목소리는 더욱 감미롭다. 죽은 자를 애도하는 알핀의 목소리. 나이 든 머리는 힘없이 떨어지고 하염없이 흐르는 눈물이 두 눈을 빨갛게 물들인다. 알핀이여, 아름다운 천상의 목소리여, 어째서 그대는 이렇게 쓸쓸히 침묵의 언덕에 앉아 있는가? 어째서 그대는 한탄하며 슬퍼하는가? 숲을 가로지르는 돌풍, 머나먼 해변의 파도처럼.

알핀
리노여, 내 눈물은 죽은 자를 위한 것이고 내 목소리는 무덤의 주인을 위한 것이다. 온화한 모습으로 언덕에 선 그대는 황야의 아들들 가운데서 아름답다. 하지만 그대는 모라르처럼 쓰러지고 말 것이다. 그대의 무덤가엔 애도의 눈물이 흘러내릴 것이다. 언덕은 그대를 잊고 그대의 활은 줄이 끊어져 광장에 버려질 것이다.

오오, 모라르여! 그대는 언덕의 작은 사슴처럼 빠르고, 밤하늘의 타오르는 횃불처럼 용맹했다. 그대의 분노는 폭풍이요, 그대의 칼은 황야의 번개와 같았다. 그대의 목소리는 비온 뒤 숲을 흐르는 작은 시냇물이었으며, 저편 언덕 위를 호령하는 천둥을 닮았었다. 그대의 팔에 수많은 적이 쓰러졌고, 그대의 분노는 수많은 자를 죽였다. 그러나 싸움에서 돌아온 그대의 표정은 얼마나 부드러웠는지. 그대의 얼굴은 폭우가 사라진 후의 태양과도 같았고, 어두운 밤하늘의 달빛과도 같았다. 또한 그대의 가슴은 폭풍이 잠든 바다처럼 고요했다.

이제 그대의 집은 비좁고, 그대의 방은 칠흑같이 어둡도다. 싸늘한 그대의 무덤은 세 발자국이면 그 길이를 알 수 있도다. 아아, 예전에 그토록 위대했던 그대. 이제는 단지 이끼가 무성한 네 개의 돌기둥만이 그대를 그리워한다. 잎이 떨어지는 한 그루 나무, 바람에 날리는 풀줄기의 기나긴 신음 소리에 지금은 오로지 사냥꾼만이 위대한 모라르를 생각한다. 그대를 애도하는 어머니는 그대에게 없고, 사랑의 눈물을 흘려줄 소녀도 없다. 그대를 낳은 어머니는 죽고 모르글란의 아가씨들 역시 세상을 떠났다.

지팡이를 짚고 오는 저 사람은 누구냐? 머리는 하얗고 슬픔에 잠겨 두 눈이 빨갛게 짓무른 저 사람은 누구냐? 그대의 아버지다. 오오, 모라르여! 그대의 아버지가 아니면 누구의 아버지겠느냐? 그는 전장에서 활약하는 그대의 용맹을, 도망가며 흩어지는 적의 비겁함을 들었다. 그러나 아들의 공훈을 들으면서도 그는 그대의 깊은 상처에 대해서는 듣지 못했다. 모라르의 아버지여! 울어라, 울어라. 하지만 그대의 아들은 그대의 통곡을 듣지 못한다. 죽은 자의 잠은 깊고, 흙으로 된 베개는 얕으니 불러도 대답이 없으리라. 그대의 외침에도 눈을 뜨지 않으리라. 오오, 적막한 무덤 속, 눈을 감은 자에게 잠에서 깨라고 외치는 아침은 언제나 올 것인가?

안녕, 그대! 가장 고귀한 자, 전장의 정복자여! 처절한 싸움터는 그대를 돌아보지 않고, 어두운 숲에서 그대의 칼은 광채를 잃으리라. 그대의 뒤를 이을 자는 없으나, 노래에 그대의 영예를 담아 전하리라. 미래의 후손들은 그대의 공적을, 전장에서 쓰러진 그대의 이름을 들을 것이다.

용사들의 슬픈 목소리가 아무리 높은들 아르민의 깊고 깊은 한탄만 하겠는가. 아르민이 젊은 나이에 죽은 아들을 생각하자니 카르모르, 그 이름 높은 갈말의 영주가 용사 아르민 옆에서 말했다. '아르민이여, 이 한탄은 무엇 때문인가? 어째서 그대는 그리 슬피 우는가? 마음을 녹여주는 기쁜 노랫소리를 듣지 못했는가? 호수에서 피어올라 계곡으로 흘러가는 부드러운 안개와 같은 이 노래는 꽃들까지도 촉촉하게 피우리라. 그러나 태양은 다시 힘차게 내리쬐고 안개는 흩어져 사라지리니, 바다로 둘러싸인 콜마의 주인 아르민이여, 어째서 그렇게 한탄하는가?'

슬프도다, 이 괴로움. 어찌 슬퍼하지 않을 수 있을까?-카르모르여, 그대는 아들을 잃지도 않고, 아름다운 딸을 잃지도 않았지. 씩씩한 콜가르, 아름다운 아니라는 살아 있다. 오오, 카르모르, 그대의 일족은 번성할 것이다. 그러나 나 아르민은 우리 가문에서 최후에 남은 자로다. 오오, 다우라여, 너의 침상은 슬프다. 무덤에 있는 너의 잠은 괴롭다. -너의 노래, 너의 기분 좋은 목소리로 눈을 뜨는 것은 언제일까? 불어라, 가을 바람이여. 불어라, 어두운 황야에서 휘몰아쳐라. 끓어올라라, 숲의 냇물이여. 짖어라, 폭풍이여. 떡갈나무 가지에서. 조각구름 사이를 누비며 가는 달이여! 그대의 창백한 얼굴을 드러내라. 내 아들은 죽었다. 힘있는 아린달이 쓰러지고, 아름다운 다우라의 숨이 끊어진 무서운 밤을 기억케 해다오.

다우라, 나의 딸. 너는 실로 푸라의 언덕을 비추는 달처럼 아름답고, 내리는 눈처럼 하얗고, 산들바람처럼 부드러웠지. 아린달이여, 너의 활은 힘있고, 너의 창은 번개 같았다. 너의 눈은 물결 사이의 안개였고 너의 방패는 폭풍 속에 타오르는 구름이었다.

그 이름도 드높은 아르마르가 와서 다우라의 사랑을 구했을 때, 다우라는 거절하지 못하고 행복이 가득한 정을 나누었지.

오드갈의 아들, 에라트는 아르마르에게 동생을 잃었기에 그 분노가 하늘로 치솟아 있었다. 그는 변장하여 작은 배에 올라타 파도 속을 저어 다우라를 찾아갔다. 그의 구부러진 머리칼엔 하얀 서리가 내리고 엄숙한 얼굴은 고요했다. '너무나 아름다운 아르민의 딸이여, 멀지 않은 바다 위, 그 바위 그늘의 붉은 나무 열매가 반짝이는 곳에서 아르마르가 그대를 기다리고 있다. 나는 그대를 애인이 기다리는 저편으로 데리고 가기 위해 파도가 출렁이는 바다를 넘어 왔다.'

다우라는 에라트를 따라가 아르마르를 불렀지만 보이는 건 큰 바위뿐이었다. '아르마르여, 내 사랑하는 아르마르여, 어찌하여 이렇게 나를 괴롭히나요? 들어주세요, 아르나트의 아들이여. 다우라가 와서 그대 부르는 소리를.'

기만한 에라트는 비웃으며 육지로 도망쳤고, 다우라는 소리 높여 아버지와 오빠를 불렀다. '아린달이여, 아르민이여! 다우라를 구해줄 사람은 없나요?'

그 목소리는 바다 너머 저 멀리 울려 퍼졌다. 내 아들 아린달은 사냥에서 얻은 노획물을 쥐고 기뻐하며 언덕을 뛰어 내려오고 있었다. 허리춤에 화살을 차고 손에는 활을 들고 있는 그의 주위를 거무스름한 다섯 마리 사냥개가 둘러싸고 있었다. 그는 무적의 에라트를 물가에서 발견하고, 그를 잡아 떡갈나무에 허리를 묶어 징계하니, 에라트의 한탄이 바람을 타고 퍼져나갔다.

다우라를 육지로 데려오기 위해 아린달은 물결 사이로 배를 저어갔다. 그때 화가 난 아르마르가 회색 깃이 퍼덕이는 활을 시위에 메기어 퓽 하고 쏘니, 아아, 너의 가슴에 맞아, 오오, 나의 아들 아린달이여! 에라트가 아니라 네가 쓰러지다니. 바위 그늘에 도달한 작은 배 위에 너는 쓰러져 몸을 웅크렸다. 발에서 흐르는 피가 너의 발 밑을 적셨지. 오오, 다우라여, 너의 슬픔이 어떠할까.

파도는 작은 배를 부숴버렸다. 다우라를 구하지 못하면 제 몸도 죽는다며 아르마르는 바다에 뛰어들었다. 때마침 언덕에서는 질풍이 휘몰아쳐 아르마르는 파도 속에 잠겼고 다시 돌아오지 않았다.

파도가 부딪치는 바위 위에 홀로 남은 내 딸의 비참한 목소리가 들렸다. 그 애절한 외침은 저 높이 하늘을 찔렀지만 이 아버지는 구할 방도가 없었다. 밤새도록 나는 물가에 서서 어슴푸레한 달빛 속에 그 모습을 보고, 그 외침을 들었다. 바람이 휘몰아치고, 비는 산등성이를 사정없이 내리쳤다. 그 목소리는 점점 약해지더니 여명을 맞기도 전에 숨이 끊어졌다. 바위에 돋은 풀숲 그늘 사이 바람과 함께. 그렇게 다우라는 슬픔을 지고 사라져갔다. 남은 것은 오직 나 아르민뿐. 전장에서의 내 용맹은 힘을 잃었고, 소녀들 앞의 내 자랑은 사라져버렸다.

산에는 폭풍이 불고 휘몰아치는 북풍에 집채만 한 파도가 입을 벌릴 때, 굉음이 울려퍼지는 바닷가에 앉아 나는 무시무시한 바위를 바라본다. 저물어가는 달빛 속에 내 자식들의 망령을 보는 심정 어떠하리. 내 자식들은 어슴푸레한 달빛 속에 슬픔을 머금고 서로 바라보며 바다 위를 떠도는구나.」

로테는 뚝뚝 떨어지는 눈물로 마음의 번뇌를 달래는 듯했다. 그로 인해 베르테르의 낭독은 중단되었다. 베르테르는 원고를 내던졌다. 그리고 로테의 손을 잡고 고통스럽게 흐느꼈다. 로테는 한쪽 손으로 얼굴을 가리고 손수건으로 눈물을 닦았다. 두 사람은 벅찬 감동으로 전율했다. 그들은 자신들의 가련한 처지를 고귀한 영웅들의 운명 속에서 느꼈다. 둘은 공감한 것이다. 그리고 그들의 눈물은 서로의 눈동자 속에 녹아들었다. 베르테르의 눈과 입술은 로테의 팔에서 불타올랐다. 로테는 머리가 아뜩하여 몸을 빼내려고 하였으나, 고통과 동정이 납덩이처럼 무겁게 짓눌러 몸을 마음대로 움직일 수가 없었다. 로테는 한숨을 내쉬고 정신을 차린 다음, 눈물을 흘리며 계속 낭독해달라고 부탁했다. 그 목소리는 마치 하늘에서 들려오는 것 같았다. 베르테르는 몸이 떨리고 심장이 갈기갈기 찢어지는 듯했다. 그는 원고를 손에 들고 더듬거리며 다시 읽기 시작했다.

「봄바람이여! 나를 불러일으키는 이유는 무엇인가? 너는 하늘의 물방울로 윤택하게 한다며 교태를 부리고 있구나. 그러나 내 영락의 시기는 가까워지고 내 잎을 흔들어 떨어뜨릴 폭풍이 다가오고 있다. 방황하는 자는 내일 내 아름다운 모습을 보러 올 것이다. 이곳 들판에서 나를 찾아 헤맬 것이다. 그러나 나를 발견하지는 못할 것이다.」

이 구절이 지닌 온 무게가 불행한 청년을 짓누르고 있었다. 베르테르는 절망한 나머지 로테 앞에 몸을 던지고, 그 두 손을 잡아 눈과 이마에 꼭 갖다 대었다. 혹시나 하는 예감이 로테의 마음을 스쳐 지나갔다. 로테의 오관은 혼란에 빠졌다. 그녀는 베르테르의 양손을 잡아 자신의 가슴 위로 가져가면서 슬픈 표정으로 베르테르를 향해 몸을 구부렸다. 두 사람의 뜨거운 볼이 맞닿았다. 현실 세계는 사라졌다. 그는 로테의 허리를 팔로 감아 끌어안으며 그녀의 파르르 떠는 작은 입술에 미친 듯이 입을 맞추었다.

「베르테르.」

로테는 목이 메어 얼굴을 돌렸다.

「베르테르.」

그리고 가냘픈 손으로 그의 가슴을 밀어냈다.

「베르테르.」

그녀의 목소리에는 더할 나위 없이 고매한 감정과 침착함이 서려 있었다. ─베르테르는 거역하지 않고 팔을 풀고는 제정신을 잃은 듯 로테 앞에 쓰러졌다. 로테는 몸을 휙 돌려 일어섰다. 혼란과 불안, 분노와 애정에 몸을 떨었다.

「이것이 마지막이에요, 베르테르. 이제 더는 만날 수 없어요.」

그리고 가련한 청년을 안타까운 눈으로 바라보면서 서둘러 옆방으로 몸을 숨겼다. 문이 닫혔다. 베르테르는 로테 쪽으로 두 팔을 뻗었지만 굳이 붙잡으려고 하지는 않았다. 그는 긴 의자에 머리를 기댄 채 마루에 쓰러졌다. 그리고 그 모습 그대로 반 시간 정도 지난 후, 달그락거리는 소리에 정신을 차려보니 하녀가 식사 준비를 하고 있었다. 방 안을 서성거리는 사이 하녀는 나가고, 또다시 혼자 남게 되자 베르테르는 옆의 작은 방 문가로 가서 낮은 소리로 「로테, 로테, 단 한마디만. 안녕이란 말이라도 제발」 하고 불러보았다. 그러나 대답이 없었다. 베르테르는 기다렸다. 다시 부탁하고

또 기다렸다. 그리고 몸을 돌려 외쳤다.

「안녕, 로테! 영원히 안녕!」

베르테르는 마을의 출입구에 다다랐다. 이미 안면이 있는 파수꾼은 아무 말도 하지 않고 베르테르를 밖으로 내보내 주었다. 진눈깨비가 내리는 밤이었다. 열한 시쯤 그는 자신의 집으로 돌아와 문을 두드렸다. 베르테르를 본 하인은 주인이 모자를 쓰고 있지 않은 것을 알아차렸다. 그러나 아무 말도 하지 않고 옷을 벗겼다. 흠뻑 젖어 있었다. 모자는 나중에 계곡 언덕의 비탈길에 있는 바위 위에서 발견되었다. 비가 내리는 어두운 밤에 떨어지지도 않고 어떻게 그 바위에 올라갔었는지 불가사의한 일이다.

베르테르는 잠자리에 들어가 한참을 잤다. 다음 날 아침, 하인이 부름을 받아 커피를 가져왔을 때 베르테르는 무언가를 쓰고 있었다. 그것은 로테 앞으로 보내는 다음과 같은 편지였다.

이렇게 눈을 뜨는 것도 이것이 마지막입니다. 아아, 이 눈은 이제 두 번 다시 태양을 볼 수 없습니다. 하늘에 구슬픈 안개가 걸려 태양을 가리고 있습니다. 자연이여, 너도 슬퍼해라. 너의 아들이며 친구이자 애인이 종말에 다가가고 있다. 로테, 이것이 마지막 아침이라 생각하니 기분이 참 묘하군요. 옅은 졸음의 꿈속 같다고나 할까요. '마지막 아침.' 로테, 나는 이 마지막 아침이라는

말의 의미를 전혀 모르겠습니다. 나는 이렇게 멀쩡히 잘 있
는데, 내일이 되면 사지를 늘어뜨리고 힘없이 지면에 눕는
것입니다. 죽는다. 죽는다는 건 어떤 것일까요? 죽음에 관해
무슨 말을 한들 결국 그것은 꿈을 꾸고 있는 듯한 것이 아닐
까요? 나는 지금까지 죽어가는 사람들을 꽤 보아왔습니다.
하지만 인간의 생각은 좁기 때문에 인생의 처음과 끝은 너
무나 몽롱하기만 합니다. 지금 나는 아직 내 것, 아니 당신
의 것입니다. 그런데 한순간에 ─ 헤어져 갈라진다. ─ 아마 영
원히 ─ 아니, 로테, 아닙니다. ─ 어떻게 내가 멸하겠습니까?
어떻게 당신이 멸하겠습니까? 우리는 여기에 있습니다. ─ 멸
한다. ─ 이것은 텅 빈 말입니다. 의미가 없는 울림입니다. 내
마음에는 아무 느낌도 없습니다. ─ 죽습니다, 로테. 차가운
흙 속에 묻힙니다. 좁고 어두운 곳에! ─ 내가 아직 철모르던
소년이었을 때, 나에게는 둘도 없는 여자 친구가 있었습니
다. 그런데 죽어버렸죠. 나는 관을 따라갔습니다. 관이 구덩
이 속에 내려질 때, 그 옆에서 보고 있었습니다. 관을 들었
던 밧줄이 위로 끌어올려진 후, 첫 삽질한 흙이 관 위에 뿌
려졌습니다. 쓸쓸해 보이는 관 뚜껑이 둔탁한 소리를 냈습
니다. 소리는 점차 둔해져 가고, 그리하여 결국 전부 묻혔습
니다. ─ 나는 무덤 곁에 풀썩 쓰러지고 말았습니다. ─ 마음이
뒤흔들리고 겁을 먹었으며, 가슴이 찢어지는 듯했습니다.
뭐가 어떻게 된 건지 알 수가 없었습니다. ─ 어떻게 되는 것
일까? ─ 죽음, 무덤. 이런 말을 나는 이해할 수 없었습니다.

어제 일은 부디 용서해주십시오. 그것이 이 세상에서의 마지막 순간이길 바랐습니다. 아아, 정말 처음으로 내가 사랑받고 있다는 환희의 감정이 아무 의심할 여지없이 내 몸속을 시원하게 관통한 것입니다. 당신의 입술에 흐르던 신성한 불꽃은 지금도 여전히 내 입술 위에서 불타고 있습니다. 마음속에는 따뜻한 환희가 새롭게 솟아납니다. 용서해주세요, 부디……

당신이 나를 사랑한다는 걸 알고 있었습니다. 처음 본 순간의 뜨거운 눈길, 처음 나누었던 악수로. 하지만 당신 곁을 떠나 있거나 알베르트가 당신과 함께 있으면 항상 의심이라는 열병에 휩싸여 괴로워했던 것입니다.

기억하고 계시나요? 언젠가 그 유쾌하지 않은 모임에서 당신은 말을 걸지도 악수를 하지도 않고 나에게 꽃을 주었죠. 나는 밤늦게까지 그 꽃 앞에 무릎을 꿇고 있었습니다. 그 꽃은 당신 마음의 증표였죠. 그러나 그러한 인상도 깨끗이 사라져버렸습니다. 신이 내려주시는 풍부한 은총을 눈으로 확인하고서도 그 신성한 표시에 대한 감정이 신자의 마음에서 점차 흐려져 가는 것처럼 말이죠.

영구한 것은 아무것도 없습니다. 하지만 어제 당신의 입술에서 맛본 그 불타는 생명, 지금도 생생하게 느끼고 있는 그 생명은 어떤 종말이 찾아온다 해도 지울 수 없을 것입니다. 로테는 나를 사랑하고 있다. 이 팔은 로테를 안았고, 이 입술은 로테의 입술 위에서 떨렸으며, 이 입은 로테의 입 위에서 사랑을 속삭였다. 로테는 내 것이다. 당신은 내 것이다. 그렇고 말고요, 로테. 영원히 그렇습니다.

알베르트가 당신의 남편이란 것이 무슨 상관입니까? 남편이라고요? 이 세상에서는 그렇겠지요. ─ 이 세상에서는 내가 당신을 사랑하고 알베르트의 팔에서 당신을 떼어내려는 것이 죄겠지요. 죄라고요? 좋아요, 나는 자신을 벌하겠습니다. 나는 그 죄를 원 없이 한껏 맛보았습니다. 그 죄를, 생명의 향유와 힘을 마음속에 빨아들인 것입니다. 그때부터 당신은 내 것이 되었어요. 로테, 먼저 갑니다. 한 걸음 먼저 내 아버지 곁에, 당신의 어머니 곁에 갑니다. 그리고 나는 호소하겠습니다. 내 아버지는 당신이 올 때까지 나를 위로해줄 겁니다. 그리고 당신이 오면 나는 당신을 잡고 무한한 신 앞에서 영원한 포옹을 지속하면서 당신과 함께 있을 겁니다.

꿈을 꾸는 것이 아닙니다. 환상도 아닙니다. 무덤에 다가서는 내 마음은 맑아졌습니다. 죽는 것이 아니라 다시 만나는 것입니다. 당신의 어머니와 만나는 것입니다. 나는 당신의 어머니를 찾을 것입니다. 그리고 어머니께 내 마음의 모든 것을 털어놓겠습니다. 당신의 어머니, 당신과 닮은 그분께.

열한 시 가까이 되어 베르테르는 알베르트가 돌아왔는지 하인에게 물었다. 하인은 알베르트의 마차가 달려가는 것을 보았다고 대답했다. 그러자 베르테르는 다음과 같은 짧은 편지를 써서 하인에게 건네주었다. 봉하지는 않았다.

여행을 떠나려고 하는데, 죄송하지만
권총을 빌릴 수 있을까요? 그럼 안녕히.

　사랑스런 로테는 지난밤 거의 잠을 이룰 수 없
었다. 예전에 두려워하고 있었던 것이 전혀 뜻하지 않은 방
향에서 찾아온 것이다. 평소에는 맑고 가볍게 흐르던 피가
열병에 걸린 듯 끓어오르고, 생각은 천 갈래 만 갈래 찢어져
아름다운 마음을 괴롭혔다. 로테가 가슴속에 느끼고 있는
것, 그것은 베르테르가 남긴 포옹의 불꽃일까, 그의 불경한
짓에 대한 분노일까? 아무 구김살 없는 순수함과 자신에 대
한 거리낌없는 신뢰가 있었던 이전과 지금의 상태를 비교하
는 데서 오는 불쾌감일까? 어떻게 남편을 맞아야 할까? 모
든 것을 털어놓아도 별 지장은 없겠지만, 도저히 그런 용기
가 생기기 않는 그 장면을 어떻게 밝혀야 할까? 이미 오랫동
안 둘은 서로 잠자코 있었건만 자신이 먼저 이 침묵을 깨고,
게다가 형편이 좋지 않은 이때에 생각지도 않은 사건을 남
편에게 털어놓을 수 있을까? 베르테르가 찾아왔었다고 알리
는 것만으로도 남편은 분명 싫은 얼굴을 할 것이다. 그런데
이러한 뜻밖의 파국을 어떻게 남편에게 고할 수 있을까? 남
편이 자신을 진정 공정한 눈으로 보고, 아무런 억측도 하지
않고 받아들여주기를 과연 기대할 수 있을까? 자신의 마음
속을 헤아려달라고 바랄 수 있을까? 아니면 남편의 눈을 속
인다는 것이 자신에게 가능하기나 할까? 지금까지는 맑고

투명한 유리창처럼 어떤 기분도 남편에게 숨기지 않았고, 또 숨길 수도 없었던 이 자신이. 걱정의 씨는 꼬리에 꼬리를 물고 로테를 괴롭혔다. 그러나 그럼에도 불구하고 이미 자신으로부터 멀어져 간 베르테르의 일이 생각났다. 로테로서는 그를 내버려둘 수 없었지만 유감스럽게도 그대로 내버려두는 것 외에 달리 방법이 없었다. 그가 로테를 잃고 나면, 이제 이 세상에서 그의 손에 남는 것은 아무것도 없는데.

처음엔 모습을 확실하게 드러내지 않았던, 부부 사이에 서서히 뿌리를 내린 앙금이 얼마나 무겁게 그녀를 짓누르고 있었을까? 이만큼 분별도 있고 이만큼 선의를 가진 두 사람이 어떤 숨겨진 기분의 차이에서 서로 침묵하기 시작해, 각자가 자신은 바르고 상대는 잘못됐다고 굳게 믿고 양쪽으로 갈라져 하나가 하나를 부채질했다. 그리고 결국 여기에서 벗어났으면 하는 중요한 갈림길에 섰을 때, 어처구니없게도 이 얽힘을 풀 수가 없게 된 것이다. 일이 이렇게 되기 전에 둘 사이가 원만해져서, 서로 가까이 다가가 애정과 배려로 서로의 기분을 다독이며 마음을 열어 보였다면, 아마 우리의 친구를 구할 길이 아직 있었을지도 모른다.

여기에서 또 하나, 특별한 사정이 더해졌다. 베르테르의 편지에서도 확실히 알 수 있듯이, 그는 이 세상에서 사라지려는 마음을 조금도 감추지 않았던 것이다. 이 점에 관해서 알베르트는 베르테르와 자주 언쟁을 해왔고, 이 문제는 부부 사이에서도 화제에 오르고 있었다. 자살이란 것에 철저

한 반감을 품고 있었던 알베르트는 평소 그에게서 전혀 볼 수 없는 일종의 신경질 증세를 보이면서, 그러한 의도의 진지함에 의심을 나타내었다. 뿐만 아니라 이 문제를 얼버무리려는 태도를 취하며 도저히 믿을 수 없다고 로테에게 말하곤 했던 것이다. 로테가 이 문제를 생각하고 비참한 광경을 상상한다든지 할 때에는 알베르트의 그러한 말이 상당히 믿음직스럽기도 했지만, 한편으론 남편이 그런 식이기 때문에 자신을 괴롭히고 있는 걱정을 남편 귀에 들어가게 할 수 없었다.

알베르트가 귀가했다. 로테는 정신없이 나가 남편을 마중했다. 알베르트는 기분이 안 좋아 보였다. 근처의 관리라는 작자가 완고하고 편협한 사람이라 용무가 잘 처리되지 않았다며 불만을 늘어놓았다. 길이 나빴던 것도 알베르트를 언짢게 했다.

별일 없었느냐는 알베르트의 질문에 로테는 당황하며, 베르테르가 어젯밤 찾아왔었다고 대답했다. 「편지는?」 하고 그가 묻자, 편지 한 통과 소포를 방에 두었다고 말했다. 알베르트는 자신의 방으로 갔다. 혼자 남은 로테는 자신이 사랑하고 존경하는 남편이 이렇게 눈앞에 있다는 사실에 왠지 모르게 기분이 새로워졌다. 남편의 훌륭한 인품과 애정, 선의를 생각하니 마음도 꽤 가라앉게 되었다. 어쩐지 남편 뒤를 따라가고 싶어져서 자신의 일을 가지고 남편의 방으로 갔다. 평소에도 곧잘 이렇게 하곤 했었다. 남편은 소포를 풀고 편지를 읽었다. 내용이 별로 유쾌하지 않은 것도 약간 있는 듯했다. 로테는 두세 번 남편에게 질문했다. 남편은 짤막한 대답을 하고 작은 책상에 앉아 무언가를 쓰기 시작했다. 부부는 이런 식으로 한 시간 정도 같이 있었다. 로테의 마음은 점차 어두워졌다. 자신이 생각하고 있는 것은 설사 남편의 기분이 최고로 좋을 때라 하더라도 밝히기 어렵다는 것을 느꼈다. 로테는 슬퍼지기 시작했다. 슬픔을 감추고 눈물을 삼키려 하면 할수록 이 슬픈 기분은 점점 위태로워졌다.

베르테르가 보낸 심부름꾼 소년이 나타났을 때, 로테의 곤혹스러움은 절정에 달했다. 소년은 알베르트에게 쪽지를 건넸다. 알베르트는 태연하게 아내를 향해 「권총을 건네주어요」라고 말하고, 또 심부름꾼 소년에게는 「무사히 잘 다녀오시라고 말씀 전해주게」라고 하였다. 이 말은 벼락처럼 로테의 머리 위에 떨어졌다. 몸이 휘청거려 서 있을 수가 없었다. 자신이 무얼 하고 있는지 그녀 자신도 알 수가 없었다. 로테는 천천히 벽 쪽으로 다가가 떨리는 손으로 권총을 집어 내려 먼지를 털면서 머뭇거렸다. 만약 알베르트가 의아스러운 눈으로 재촉하지 않았더라면 더 오래 머뭇거렸을 것이다. 로테는 한마디 말도 못 하고 잠자코 불길한 무기를 소년에게 건넸다. 소년이 인사를 하고 물러나자 로테는 일을 챙겨서 불안한 마음으로 자신의 방으로 되돌아왔다. 머릿속에선 갖가지 무서운 사건들이 어지럽게 그려졌다. 차라리 남편의 발밑에 몸을 던지고 어젯밤의 경위, 자신의 죄, 자신의 예감을 몽땅 다 털어놓을까도 생각했지만, 그런 짓을 해도 소용없을 것 같았다. 특히 남편에게 베르테르가 있는 곳까지 가서 얘기를 하게 하는 것은 기대하기 어려운 일이었다. 식사 준비가 다 되어갈 무렵, 그저 사소한 용무로 찾아와서 곧 돌아가겠다던 친구들이 그대로 머물러주었기 때문에 그럭저럭 식탁에서 얘기를 나눌 수 있었다. 두 사람은 애써 입을 열어 얘기를 하며 기분을 달랬다.

소년은 권총을 갖고 베르테르의 집으로 돌아왔다. 베르테르는 로테가 직접 권총을 건네주었다는 말을 듣고 미친 듯이 기뻐하며 그것을 받아 들었다. 그는 빵과 포도주를 갖고 오게 한 후, 소년에게 식사를 하라고 이르고 자신은 책상에 앉아 편지를 이어나갔다.

당신이 권총을 손에 들고 먼지를 털어주었다죠? 나는 이 권총에 수없이 입을 맞추었습니다. 당신의 손길이 닿은 것이기에. 하늘의 정령이여, 그대는 내 결심을 격려해주는구나. 그리고 로테여, 당신은 손수 나에게 무기를 내주었습니다. 오래전부터 당신의 손으로 죽음을 맞기를 염원하고 있었는데, 아아 그것이 실현되는 것입니다. 심부름을 보낸 소년에게 나는 끈질기게 물었답니다. 권총을 건네줄 때 떨고 있었다던데, 안녕이란 말은 해주지 않으셨다고요. —어째서죠, 어째서 해주지 않았나요? —나와 당신이 영원히 맺어진 그 순간 때문에 나에게 이미 마음을 닫아버린 겁니까? 로테, 수천 년이 지난다 해도 그 감동을 지울 수는 없습니다. 나는 생각합니다. 이토록 당신을 위해서 가슴을 태우고 있는 인간은 당신을 미워하지 않을 것이라고.

식사를 마치자, 베르테르는 소년에게 모든 짐을 완전히 꾸리게 한 다음, 수북이 쌓여 있던 서류 더미를 찢고, 외출을 하여 빌린 것을 갚는 등 남아 있는 자잘한 일들을 처리했다. 일단 집으로 돌아오긴 했지만 비가 오는데도 다시 밖으로 나가, 마을 출입구에서 백작가의 정원 쪽으로 산책을 했다. 그리고 저녁이 되어서야 집에 돌아와 책상머리에 앉았다.

빌헬름, 마지막으로 들판과 숲, 커다란 하늘을 보고 왔다네. 자네에게도 잘 있으라는 말을 해야지. 어머니, 용서해주십시오. 어머니를 위로해드리게나, 빌헬름. 모두 건강하기를. 내 물건은 모두 정리해두었다네. 잘 있게. 더 즐거운 마음으로 다시 만나세.

당신에게는 정말 미안한 짓을 했습니다, 알베르트. 그러나 용서해주시겠지요. 당신 가정의 평화를 어지럽히고, 두 사람 사이에 불신의 싹이 트게 했습니다. 잘 있어요. 나는 결말을 지으려고 합니다. 내 죽음으로 두 사람이 행복해질 수만 있다면. 알베르트, 알베르트. 천사를 행복하게 해주기

225

바랍니다. 그럼, 신의 축복이 늘 당신과 함께하기를!

베르테르는 그날 밤도 계속 서류를 뒤져가면서 그것을 찢
어버리기도 하고 난로에 던져버리기도 했다. 소포도 몇 개
꾸려 빌헬름 앞으로 해서 봉했다. 편집자도 그 속에 들어 있
는 것을 보았는데, 짤막한 수필과 단편적인 감상을 적은 것
들이었다. 그는 열 시쯤 난로에 불을 더 지피게 하고 포도주
를 한 병 가져오게 한 다음, 하인을 잠자리에 들게 했다. 하
인의 작은 방은 다른 사람들과 마찬가지로 복도
의 후미진 구석에 있었다. 하인은 다음 날 아침
바로 일을 할 수 있도록 옷을 벗지 않고 잤다.
여섯 시 전에 역으로 가는 마차가 집에 온다
고 주인이 일러두었기 때문이다.

열한 시 지나서

주위의 모든 것이 쥐 죽은 듯이 고요합니다. 내 마음도 조
용합니다. 신이여, 이 마지막 순간에 열정과 힘의 은총을 내
려주셔서 감사합니다.

로테, 나는 창가에 다가가 하늘을 바라봅니다. 발 빠르게
움직이는 거무스름한 구름 사이로 무한한 천공의 모래알 같
은 별들을 바라봅니다. 그래요, 저 별들은 떨어지지 않습니
다. 영원한 신이 저 별을 가슴에 품고 있으니까요. 그리고
나도. 큰곰자리에서 끌채 모양의 별이 보입니다. 내가 제일

좋아하는 별이죠. 밤중에 당신과 헤어져 문을 나올 때면 바로 저 별이 눈앞에서 빛나고 있었습니다. 나는 도취되어 저 별을 바라보며 그것을 내 행복의 표시, 신성한 표석이라 생각하고 두 손을 뻗치곤 했죠. 그리고 지금도－오오, 로테. 무엇 하나 당신을 떠오르게 하지 않는 것이 없군요. 당신은 나를 둘러싸고 있습니다. 나는 마치 어린애처럼, 신성한 당신의 손이 스친 거라면 어떤 하찮은 것이라도 상관치 않고 모아들이고 있으니까요.

그리운 당신의 실루엣 그림. 이것은 당신에게 남기고 갑니다. 부디 소중히 간직해주세요. 방을 오가면서 나는 이것에 수천 번 입을 맞추고, 수천 번 인사를 했습니다.

유해의 뒤처리는 편지로 당신의 아버지께 부탁해두었습니다. 묘지의 한구석, 밭을 향한 구석에 두 그루의 보리수가 서 있습니다. 나는 그곳에 묻히고 싶습니다. 아버지는 그렇게 해주시겠죠. 그렇게 해주시길 바랍니다. 당신도 말씀드려주세요. 그러나 믿음이 깊은 신자들이 그들의 유해를 이 불행한 남자 곁에 누이게 하고 싶어하지 않는다면 괜찮습니다. 당신이 길가 어딘가에, 혹은 골짜기에 내 시체를 묻고 무덤을 만들어주세요. 사제나 레위인이 묘비에 축복을 내리며 지나가고 사마리아인이 한 방울의 눈물을 떨어뜨려줄 수 있도록 말입니다.

자, 로테. 나는 조금의 망설임도 없이 차갑고 소름 끼치는 잔을 쥐고 황홀한 죽음을 들이켜려고 합니다. 당신이 내어

준 것인데 어찌 주저하겠습니까? 내 생애의 염원이나 기대
는 하나도 남김 없이 모두 충족되었습니다. 나는 이렇게 냉
정하게, 이렇게 담담하게 죽음의 철문을 두드리려 하고 있
습니다. 당신을 위해 죽는다는 행복을 맛볼 수 있었다면 얼
마나 좋았을까요? 로테, 나는 당신의 생활에 평정과 환희가
다시 돌아온다면 기꺼이 용기를 내어 죽어가고 싶었습니다.
그러나 가까운 사람들을 위해서 피를 흘리고, 그 죽음으로
친구에게 수백 배 새로운 생명을 불어넣는다는 것은 단지
소수의 고귀한 사람들에게만 허용된 것입니다.

로테, 나를 이 복장 그대로 묻어주세요. 당신의 손이 이 옷
에 닿아 이것은 깨끗해졌으니. 이것도 당신의 아버지께 부탁
해두었습니다. 내 영혼은 관 위에서 떠돕니다. 주머니는 뒤
지지 말아주세요. 당신과 아이들이 있는 곳
에 내가 처음 찾아갔을 때, 당신이 가슴에
달고 있던 담홍색 장식 끈ㅡ그래요, 아이들
에게는 힘껏 입을 맞춰주세요. 그리고 불행한 친구의 운명을
얘기해주세요. 내 주위에 모여들었던 귀여운 아이들. 나는
정말 당신과 두텁게 맺어졌던 것이죠. 그때부터 이미 나는
당신이라는 사람을 놓칠 수 없었던 겁니다.ㅡ이 장식 끈은
같이 묻어주세요. 내 생일날 선물로 보내주셨죠. 이 모든 것
을 나는 얼마나 갈망했던지.ㅡ아아, 일이 이렇게 되리라고
는ㅡ침착하세요, 제발. 마음을 차분히 가라앉혀 주세요.

탄환은 장정돼 있습니다. 열두 시를 치고 있네요. 그럼 쏘

겠습니다. ─로테, 로테, 안녕.

이웃집 사람이 화약의 섬광을 보고 총성을 들었다. 그러
나 그 후에는 아무 소리도 나지 않았기에 그 이상 신경을 쓰
지 않았다.

아침 여섯 시, 등불을 들고 방에 들어온 하인은 침상에서
주인의 권총과 피를 발견하고는 비명을 질렀다. 몸에 손을
대어보았지만 반응이 없었다. 목에서 꺼칠한 신음만이 새어
나올 뿐이었다. 하인은 서둘러 의사를 부르고 알베르트에게
달려갔다. 로테는 초인종 소리를 듣고 몸이 오싹했다. 남편
을 잠에서 깨워 일으켰다. 하인은 큰 소리로 울부짖으며 횡
설수설했다. 로테는 정신을 잃고 알베르트 앞에 쓰러졌다.

의사가 도착했을 때 불쌍한 베르테르는 침상에 쓰러진 채
로, 이미 손쓸 도리가 없었다. 맥은 뛰고 있었지만 사지는
모두 마비되어 있었다. 오른쪽 눈에서 뇌가 관통되어 뇌수
가 흘러내리고 있었다. 팔의 정맥을 째어 피를 뽑았다. 피가
용솟음쳤다. 여전히 호흡은 계속하고 있었다.

의자 팔걸이에 묻어 있는 혈흔으로 미루어보아, 베르테르
는 책상 앞 의자에 앉은 채로 방아쇠를 당긴 것 같았다. 그리
고 마루에 쓰러져 몸부림치면서 의자 주위를 뒹굴다가 힘이
빠져 창가를 향해 뒤로 쓰러진 것이다. 옷은 입은 채였고, 구
두도 신고 있었다. 파란 연미복에 노란 조끼 차림이었다.

집안 사람이나 이웃 사람 할 것 없이 마을이 온통 발칵 뒤

집혔다. 알베르트가 뛰어왔다. 베르테르는 침대에 눕혀져 있었다. 이마에는 붕대를 감고 얼굴은 이미 죽은 자의 모습이었다. 손발은 꼼짝도 하지 않고, 심장은 여전히 기분 나쁜 소리를 내고 있었다. 임종이 가까워진 것 같았다.

포도주는 한 잔밖에 마시지 않았다. 책상에는 〈에밀리아 갈로티〉가 펼쳐져 있었다.

알베르트의 충격, 로테의 비탄에 대해서는 아무 말도 하지 않겠다.

노법무관은 통지를 받고 급히 말을 타고 달려왔다. 뜨거운 눈물을 흘리며, 죽어가는 베르테르에게 입을 맞추었다. 그 뒤에 남자 아이들도 걸어서 찾아왔다. 슬픔을 억누르기 힘든 표정으로 침대 곁에 엎드려, 베르테르의 두 손과 입술에 입을 맞췄다. 특히 베르테르에게 가장 귀여움을 받았던 장남은 베르테르가 숨을 거둔 뒤에도 입술에서 떨어지려고 하지 않아 억지로 떼어놓을 수밖에 없었다. 숨이 끊어진 것은 낮 열두 시였다. 법무관이 있으면서 뒤처리를 해준 덕에 소동은 가라앉았다. 밤 열한 시경, 법무관의 지시에 따라 유해는 고인이 원하던 장소에 묻혔다. 묘지에는 노법무관과 아들들이 따라갔다. 알베르트는 가지 않았다. 로테의 상태가 걱정되었기 때문이다. 일꾼들이 관을 짊어졌다. 성직자는 한 사람도 따라가지 않았다.